一本初稿曾经堆在我桌上好几个月。在皮拉尔的帮助下，剧本从桌角的纸堆变成了我的名片。我被华纳兄弟聘用，与国际创新管理公司（ICM）签约并且成为美国编剧协会（WGA）的新成员。坦白说，如果没有皮拉尔就没有我今天的成绩。

——比尔·伯奇（Bill Birch），《雷霆沙赞！》（Shazam!）编剧，华纳兄弟

皮拉尔的技艺不仅仅是帮你打磨你的初稿，还可以作为受益终身的经验让你成为更好的编剧。如果你想让自己的剧本创作更上一个台阶，我强烈推荐你读一读她的书。

——莫妮卡·梅瑟（Monica Macer），《越狱》（Prison Break）、《迷失》（Lost）全职编剧，迪士尼影业前创意总监

有时候，你会惊讶地发现仍有如此多的东西需要学习。皮拉尔是一位了不起的老师，为我的"奄奄一息"的创意注入新生命。

——西蒙·罗斯（Simon Rose），《苏格兰飞人》（The Flying Scotsman）编剧

人总能空出10分钟，本书凭借精妙的技巧和练习宝库最大限度地利用这600秒，确保提升你的剧本。诚然有很多适合各个层级的编剧的优秀课程，但这可能是我见过的最为完善的步进系统，它将剧本从粗略的概念引向完善的定稿。

—— 特雷弗·梅耶（Trevor Mayer）

皮拉尔的天才之处不在于她告诉你如何快速地写剧本，而是她提供了帮助你聚焦剧本各个元素的高效练习方法：幕间、人物动机、情感弧、场景、对白，等等。她将整个流程分解成易吸收的小切块，推动你下笔和快速向前——无论你是有10分钟，还是10个月。

——查德·戈维奇（Chad Gervich），《谁比我糗》（Wipeout）、《现实欲望》（Reality Binge）、《超速》（Speeders）、《性感厨娘》（Foody Call）编剧/制片人；《小荧屏大电影：电视业编剧指南》（Small Screen, Big Picture: A Writer's Guide to TV Business）作者

一组磨炼你的技艺并助你从业余爱好者变身为行家的课程。这是一本深入浅出的书，剔除不相干的细节，点出是什么让剧本行之有效，入木三分。

——保罗·林斯利（Paul Linsley），《潘吉亚》（Pangea）、《鲍比·斯特拉：太空小子》（Bobby Stellar: Space Kid）编剧

我爱《10分钟编剧手册：聚沙成塔的剧本创作（第2版）》！对于许多编剧来说，一想到要写一部故事片剧本就心生畏惧或不安。皮拉尔将这一任务分解成短小、容易理解的切块，并且在你意识到之前已经完成概念并写出初稿！

——玛丽·J.席尔默（Mary J. Schirmer），编剧、教师

一本有趣和实用的手册！引导你一步一步地完成整个作品，借助清单和案例让你的思绪流动。即使你只有10分钟时间，本书也将帮助你在创纪录的时间内完成最终的剧本。

——约翰·达特（John Dart）

皮拉尔在《10分钟编剧手册：聚沙成塔的剧本创作（第2版）》中推翻了编剧最常见的借口，现在你再也没理由说自己没时间写剧本了！阅读本书并开始工作吧！

——艾伦·桑德勒（Ellen Sandler），《人人都爱雷蒙德》（Everybody Loves Raymond）联合制片人；《电视编剧手册》（The TV Writer's Workbook）作者

《10分钟编剧手册：聚沙成塔的剧本创作（第2版）》是制片人和编剧的福音。它厘清了故事和结构，适用于人物开发，对任何项目都大有帮助。

——鲍·圣克莱尔（Beau St. Clair），《天罗地网》（*The Thomas Crown Affair, 1999*）、《吸引法则》（*Laws of Attraction*）和《斗牛士》（*The Matador*）制片人

本书鼓舞人心！皮拉尔是你的导师、女神以及时间管家。她一次次把你带进故事，充分利用你忙里偷闲的宝贵的写作时间，并证明你可以——或者更确切地说，必须——平衡组织和创造力，成为真正成功的编剧。

——德博拉·S. 帕茨（Deborah S. Patz），电影人；《电影制片管理基础》（*Film Production Management 101*）作者

独特和非常有用的指南，为有抱负的编剧新人和编剧从业者提供实战建议。"写作容易，思考不易"，皮拉尔让"思考"这部分变得更为容易。

——赫舍尔·魏因格罗德（Herschel Weingrod），《颠倒乾坤》（*Trading Places*）编剧；《怒火风暴》（*Falling Down*）制片人

任何听过她的播客（Podcast）或上过她课的人都会告诉你：皮拉尔深谙剧本写作。我们都在等待的这本书终于来了！如果你不住在洛杉矶，本书是你获得皮拉尔关于写作建议的最佳选择。

——罗伯特·格兰特（Robert Grant），Sci-Fi-London 电影节团队成员

皮拉尔将令人惊异的热情和技术带给立志于开创事业的编剧新手。在她的帮助下，编剧们置身于头脑风暴中，高效地准备大纲，并借助独特的编剧工具和技巧学会在紧张的交稿期限内提交剧本。现在，她通过这本重要的著作将自己独特的写作工具和技巧带给所有人。

——弗兰克·贝内特·冈萨雷斯（Frank Bennett Gonzalez），迪士尼／美国广播公司编剧项目前主管

Media
TECHNOLOGY
传媒典藏

写给未来的电影人·编剧系列

*the*
COFFEE BREAK
Screenwriter

# 10分钟编剧手册

## 聚沙成塔的剧本创作

### （第2版）

［美］皮拉尔·亚历山德拉（Pilar Alessandra）　著

徐晶晶　译｜陈晓云　审

人民邮电出版社

北　京

**图书在版编目（ＣＩＰ）数据**

10分钟编剧手册：聚沙成塔的剧本创作：第2版 /
（美）皮拉尔·亚历山德拉（Pilar Alessandra）著；徐
晶晶译. -- 北京：人民邮电出版社，2021.8
（写给未来的电影人. 编剧系列）
ISBN 978-7-115-55814-5

Ⅰ. ①1… Ⅱ. ①皮… ②徐… Ⅲ. ①电影编剧—创作
方法—手册 Ⅳ. ①I053.5-62

中国版本图书馆CIP数据核字(2021)第006548号

**版 权 声 明**

◆ 著　　　　［美］皮拉尔·亚历山德拉(Pilar Alessandra)
　　译　　　　徐晶晶
　　责任编辑　宁 茜
　　责任印制　彭志环
◆ 人民邮电出版社出版发行　　北京市丰台区成寿寺路 11 号
　　邮编　100164　　电子邮件　315@ptpress.com.cn
　　网址　https://www.ptpress.com.cn
　　固安县铭成印刷有限公司印刷
◆ 开本：787×1092　1/16
　　印张：12.25　　　　　　　　2021 年 8 月第 1 版
　　字数：254 千字　　　　　　2025 年 11 月河北第 14 次印刷
　　著作权合同登记号　图字：01-2012-4585 号

定价：79.80 元

读者服务热线：(010)53913866　印装质量热线：(010)81055316
反盗版热线：(010)81055315

# 内容提要

《10分钟编剧手册：聚沙成塔的剧本创作（第2版）》（*The Coffee Break Screenwriter:Writing Your Script Ten Minutes at a Time, 2nd Edition*）将帮助你使用忙里偷闲的10分钟时间，让你的电影剧本或电视剧剧本的创作取得真正的进展。书中的每一章聚焦写作过程的不同阶段：故事、结构、大纲、人物、初稿、对白、改写、打磨、定稿、提案，以及用你的剧本去寻找机遇。每一章都有帮助你完成对应阶段的专项内容，即"10分钟"写作工具和练习，帮你高效地完成写作，每次10分钟。不是任何一个工具都适用于所有编剧，但你应该可以找到至少一个帮助你进行头脑风暴、提纲挈领、扩展或打磨剧本的新东西。"10分钟"练习之后，是"恭喜你"，总结你在这一步取得的进展。你也会不时看到"10分钟课程"，这是快速地提炼和阐明电影剧本理论或常见的剧作语言。

如果你正好想开始一个新项目，我建议你紧跟本书学习从概念到最终的剧本的内容。即使你已经写好了剧本或试播集，你也能从中找到帮助你梳理剧本大纲的工具和编剧技巧。如果你只需寻求特定的解决方案，那就自由地选择性阅读。即使是略读，你应该也能找到适合自己的写作工具。

　　浙江省教育厅一般项目"美剧中亚洲人物设置的思维定势与变化（Y202044858）"研究成果；浙江传媒学院"三鹰工程"人才培养计划研究项目。

本书献给On the Page®每周写作小组的所有编剧，他们每一个人都值得拥有大把的电影合约。

　　本书也献给我爱讲故事的女儿萨拉和丽塔，以及对我说"你应该开办自己的课程"的爱人帕特里克。

# 致谢

写第 2 版有一个奇妙之处是你可以感谢第 1 版中忘记感谢的人，包括西格纳·奥林尼克（Signe Olynyk）、鲍勃·舒尔茨（Bob Schultz）和马塞洛·皮科内（Marcello Picone）。西格纳和鲍勃对这本书非常有信心，他们叫来 Michael Wiese 出版社的肯·李（Ken Lee），威胁说如果他不接受这本书，他们会自己出版。非常感谢他们。还要感谢马塞洛，他想出了这本书的书名。如果没有我的绝佳团队的支持和无限的耐心，这本书根本写不出来，感谢祖德·罗思（Jude Roth）、埃莉莎·沃尔夫（Elisa Wolfe）、埃琳娜·扎雷茨基（Elena Zaretsky）和阿比·安德森（Abby Anderson）帮助我进行校对、研究，当工作和家庭的干扰快要让我偏离正轨时督促我。他们也是我合作过的四位最有才华的编剧。

第 2 版的更新让我有幸与另外两个作家共事，他们负责“10 分钟练习”的研究。非常感谢安德烈·纳西门托（André Nascimento）和罗恩·博德斯（Ron Borders）的帮助。

道格·艾布拉姆斯（Doug Abrams），出色的小说家、经纪人，他是我的客户，也是好朋友，他帮助我把我的工作整合起来。

特别感谢 On the Page® 工作室的编剧们对本书第 1 版或第 2 版做的贡献：路易莎·马卡龙（Louisa Makaron）、劳拉·豪斯（Laura House）、马修·里奥佩尔（Matthew Riopelle）、比尔·伯奇（Bill Birch）、布伦登·奥尼尔（Brendan O'Neill）、卡罗尔·里亚维克（Carole Ryavec）、查德·迪茨（Chad Diez）、奇普·詹姆斯（Chip James）、杰夫·亚历山大（Geoff Alexander）、希瑟·拉格斯代尔（Heather Ragsdale）、杰茜卡·圣詹姆斯（Jessica St. James）、乔斯琳·西格雷夫（Jocelyn Seagrave）、卡伦·内申（Karen Nation）、卡琳·吉斯特（Karin Gist）、基思·阿蒙耐蒂斯（Keith Armonaitis）、莱斯利·劳森（Leslie Lawson）、琳内·克里斯坦森（Lynne Christensen）、马特·哈里斯（Matt Harris）、麦克·马登（Mike Maden）、尼克·约翰逊（Nick Johnson）、保罗·彭德（Paul Pender）、瑞安·博伊德（Ryan Boyd）、斯蒂芬·考恩（Stephen Cowan）和苏珊娜·凯丽（Suzanne Keilly）。在我看来，他们已经达到一流作家的水平。

感谢肯·李，他促使我将页数翻了一番，并促成了一套全新的写作工具。

　　最后，我必须感谢我的家人。我的两个女儿萨拉（Sara）和丽塔（Rita）在妈妈把头埋在电脑里的情况下度过了2009年的圣诞节和2015年的劳动节。我的丈夫帕特里克·弗朗西斯·多德森（Patrick Francis Dodson）一直帮我查阅IMDb。我的妈妈赛德尔·皮塔斯（Sydelle Pittas）用她那老练的眼光审视书稿的内容。她是我最大的拥护者和灵感来源。

# 作者简介

皮拉尔·亚历山德拉（Pilar Alessandra）是位于洛杉矶的编剧工作室 On the Page® 的总监，该工作室已经帮助数千编剧开发、创作和改写他们的影视剧本。

皮拉尔在梦工厂（Dream Works SKG）以高级故事分析师的身份开启自己的事业，并于 2001 年在洛杉矶创办 On the Page® 编剧工作室。

作为应邀演讲者和客座教师，皮拉尔为美国广播公司/迪士尼、MTV/尼克国际儿童频道（Nickelodeon）和哥伦比亚广播公司（CBS）培训编剧。她在全球授课，如南非开普敦 Trigger Fish Production、葡萄牙里斯本 SP Televisão、中国北京的邻国文化传媒、爱尔兰都柏林 Filmbase 以及英国伦敦编剧节。

皮拉尔的学生和客户的作品有《行尸走肉》（*The Walking Dead*）、《迷失》《实习医生格蕾》（*Grey's Anatomy*）、《复仇》（*Revenge*）和《恶搞之家》（*Family Guy*）。他们的电影剧本和提案被迪士尼、梦工厂、华纳兄弟和索尼购买，并赢得诸如奥斯丁电影节、迪士尼大奖、Fade-In 大赛、尼克尔奖（Nicholl Fellowship）和华纳兄弟编剧工作坊等享有声望的大赛。

皮拉尔的 On the Page® 编剧工作室位于加州影视城（Studio City），她的同名播客已在 iTunes 上线。

她与丈夫帕特里克·弗朗西斯·多德森（Patrick Francis Dodson，编剧/喜剧演员）、两个女儿萨拉（Sara）和丽塔（Rita）生活在美国加州伍德兰希尔斯（Woodland Hills）。

# 推荐序

由罗伯特·麦基的《故事》所开启的国内电影剧作类译著的热点议题至今仍在延续着。这种现象一方面反映了由于电影、电视与网络剧集的急速发展所带来的剧本创作的需求，以及编剧人才的急剧增长所产生的剧作理论方面的需求。另一方面，这些译著作者基本出自美国，也说明好莱坞电影工业的强盛有可能给别国电影带来启发，同时好莱坞以类型电影作为创作/制作根基的实用性特质，很容易跟当下中国的电影生态及其包括编剧在内的阅读者形成一种有效的"对话"关系。

作为这个庞大译著系统中最新出版的著作，《10分钟编剧手册：聚沙成塔的剧本创作（第2版）》有一个吸引人的书名，也有着美国同类著作一如既往的实用性。

作为一部剧作类著作，这本手册对于故事、结构、大纲、人物、初稿、对白、改写、打磨、定稿、提案、机遇等大致按照剧本写作程序排列的不同环节的叙述，以及各个环节中更为细致的不同步骤的介绍，其基于创作经验引发的讨论，不但涉及剧本创作的各个不同阶段，而且考虑到剧本写作与一般文学写作的差异，还涉及了"提案"和"机遇"等严格说来并非属于创作环节但与剧本创作紧密相关的内容。

但这本手册最为吸引人的，则在于书名中的"10分钟"和"聚沙成塔"所指向的看似与剧本创作并无关联、却直接关涉创作的"时间管理"的策略，这是它区别于绝大部分同类图书的地方。联系该书的上一个特点，其对剧本创作不同阶段以及更小的创作环节的叙述，意味着作者对于看似漫长的剧本创作有了一个基于"技术"的切分，而每一次切分均包含着具体细致的专项内容，这恰恰也是剧本写作区别于其他文字写作的特点之一，那便是其作为基于科技与工业的创作/制作带来的某种"技术"层面的特点。与其说"10分钟"是一种剧本创作的"方法"，还不如说它是一种包括电影人在内的现代人的一种时间管理模式，因而它甚至有某种超越编剧工作本身的意义。

需要补充的一点是，译者徐晶晶是我在中国美术学院招收的首届博士研究生，已有多部剧作类译著出版。在繁忙的教职工作、博士学位攻读，以及作为其主业的影视录音之余，长期持续着目前高校科研体制内"分值"并不高的翻译工作，这种锲而不舍的努力，值得充分赞许，也让我们有理由期待下一部作品。

陈晓云

北京师范大学教授、博士生导师，

中国美术学院、中央戏剧学院客座教授，

担任多部剧作类译著的翻译策划与审稿

# 引言

10 分钟，你只有 10 分钟。说真的，你只有那点时间。毕竟，午餐时间你总得吃点东西，你不得不参加某个会议，你还得给孩子们洗澡。有很多事情要做，没有时间！

现在你三口并两口吃完午餐，熬过了自己起初不知道为什么要参加的会议，并且给孩子们洗完了澡。你设法深吸一口气，坐下来并集中精力……大概整整 10 分钟。也许，写剧本也未尝不可。

记得你的剧本吗？那是你一直渴望完成或仅仅是渴望开始动笔的精彩的影像故事……那个让你每当走出电影院时总会想"我也可以做到！"的故事。

你觉得自己没有少则数月、多则几年的时间。你觉得自己需要学习理论、创建详细大纲，以及在落笔之时深思熟虑地完成每一次遣词造句。你觉得自己甚至都没有时间来思考某个创意，更何况写剧本。你只有 10 分钟时间。

10 分钟足够了。

要是所有编剧都像你一样幸运多好。10 分钟时间给了你所有编剧都需要的"秒表"。

作为一名剧作指导，我是课堂写作的倡导者。我给学生 10 分钟时间写几个完整的场景，他们常常创作出精彩之作。当我在编剧们的恳求下给他们额外 5 分钟时间时，看到的结果却是：冗长（Overwrite）。他们想得太多，画蛇添足，并把自己写到死胡同。

幸运的是，你只有 10 分钟。你没有选择，只能创建自然新生的东西。你只是需要一些指导，教你怎样用好这 10 分钟时间。

## 关于第2版

写本书时影视界发生了一件有意思的事情，即我们进入了"电视的第二次黄金时代"。在 2009 年的第 1 版出版与 2016 年的第 2 版（英文版）出版之间的几年间，诸如《广告狂人》（*Mad Men*）、《国土安全》（*Homeland*）、《绝命毒师》（*Breaking Bad*）、《女子监狱》（*Orange Is the*

New Black）、《副总统》（Veep）、《硅谷》（Silicon Valley）、《权力的游戏》（Game of Thrones）、《纸牌屋》（House of Cards）和《行尸走肉》等剧情类电视剧与喜剧占据着社交中心，并让"刷剧"成为全民娱乐。对更多内容和高质量电视剧的需求迎来了网飞（Netflix）和亚马逊等非传统平台的高歌猛进。涌入的平台越来越多，市场对编剧的需求也越来越旺。

突然间，编剧们意识到电视是他们可以创造世界、构建人物成长弧以及有可能找到长期工作的地方。经理和经纪人们越来越多地寻求原创试播集，作为潜在的剧本销售和写作样本。

作为一名超级电视迷（我的笔记本上还贴着《绝命毒师》海森伯格的贴纸），我开始在编剧工作室教授电视剧写作。我增加了自己在电影课程中讲授的编剧工具，高兴地发现本书第 1 版的绝大多数写作工具可以无缝衔接，唯一的重要改变是打破电影的分幕规则。在本版中，你将经常看到第一幕、第二幕 A、第二幕 B 和第三幕与开端、中段（第一部分）、中段（第二部分）和结尾互换使用。这四个部分可以应用到任何"有剧本"（Scripted）的作品，包括网络剧。我也增加了扩展剧本世界的写作工具。此外，本书还提供了赋予人物关系更多维度的新练习。在本书的结尾，我更新了提案模板和故事样本。因为第 1 版，我认识了很多编剧新手和职业编剧并收到他们的反馈——他们说第 1 版帮他们梳理流程、完成剧本并让他们成为了更好的编剧。第 2 版在此基础上力图将写作工具适用于所有媒介：电影、电视和网络。但愿大家就像我享受修订过程那般喜欢第 2 版。

# 如何使用本书

本书将帮助你利用忙里偷闲的 10 分钟时间让你的剧本取得真正的进展。本书的每一章都聚焦写作过程的不同阶段：故事、结构、大纲、人物、初稿、对白、改写、打磨、定稿、提案，最后展示了写作会给你带来的机遇。

本书第 2 版加入全新的电视剧写作工具。所以，无论你在写故事片剧本还是电视剧试播集，本书都将有助于你的创作。每一章都有帮助你完成对应阶段的专项内容。你会看到"10 分钟练习"，它可以帮你高效地完成写作。当"10 分钟练习"出现时，试着完成它。不是任何一个工具都适用于所有编剧，但你应该可以找到至少一个帮助你进行头脑风暴、提纲挈领、扩展或打磨剧本的新东西。"10 分钟练习"之后，是"恭喜你"。这是在提醒你实实在在的故事进展——尽管你投入的工作时间很短。你已经完成了一些事情，别回头，翻篇，进行下一步！你也会不时看到"10 分钟课程"。它可以用于快速地提炼和阐明电影剧本理论或常见的剧作语言。

如果你正好开始一个新项目，我建议你紧跟本书学习从概念到最终的剧本的内容。即使你已经写好了剧本或试播集，你也能找到帮助你梳理剧本的大纲工具和编剧技巧。如果你只需寻求特定的解决方案，你可以自由地选择性阅读。即使是略读，你应该也能找到适合自己的写作工具。

一切取决于你。我能告诉你的是时间不等人，赶紧开始写！

# 目录

第一章　故事 ·········································································································································· 1

  情感 ·············································································································································· 2

  人物缺点 ····································································································································· 2

  故事前提（Premise）··········································································································· 4

  次要人物 ····································································································································· 6

  难题（Complication）········································································································· 7

  梗概 ·············································································································································· 8

  解决（Resolution）············································································································ 9

  情节要素和人物要素 ············································································································ 11

  编剧 ············································································································································· 11

第二章　结构 ········································································································································ 15

  简明电影结构 ························································································································· 15

  电视剧试播集简明结构 ········································································································ 16

  组织你的故事 ························································································································· 17

  结构表 ······································································································································· 18

第三章　大纲 ········································································································································ 24

  八段节拍表 ······························································································································ 24

  节拍表改写 ······························································································································ 28

  场景列表 ···································································································································· 34

  场景头脑风暴 ·························································································································· 39

  通过伏笔和回馈结果构建场景 ···························································································· 42

**第四章　人物**························································47

　人物缺点与技能的平衡···········································47

　人物图谱·····························································48

　人物小传·····························································49

　人物出场·····························································49

　人物原则·····························································51

　创建强力反派·······················································57

**第五章　初稿**························································59

　场景意图·····························································59

　快速格式·····························································61

　速写稿·······························································62

　剧本发展：增加新场景···········································64

　剧本发展：在现有的场景基础上扩写·························70

　剧本发展：加入你的声音·········································74

**第六章　对白**························································78

　说话动机·····························································78

　说话策略·····························································79

　对白游戏·····························································83

　寻找人物的声音···················································86

**第七章　改写**························································88

　概念·································································88

　世界·································································90

　结构·································································91

　故事·································································93

　场景·································································95

　人物·································································97

　对白·································································105

　"完美台词"·························································107

　格式·································································109

　元素·································································112

　整体检查·····························································113

**第八章　打磨**························································································· 116

　　动作线的编排···················································································· 116

　　打斗场景·························································································· 117

　　情绪化的动作线················································································ 118

　　场景的"叙事点"··············································································· 120

　　开关······························································································ 121

　　转场······························································································ 123

　　叙事技巧·························································································· 124

　　人物和场景描写················································································ 127

　　本质 + 行动····················································································· 129

　　风格和气氛······················································································ 130

**第九章　定稿**························································································· 133

　　类型 - 意图······················································································· 133

　　内容删减·························································································· 134

　　故事 - 意图······················································································· 136

　　场景······························································································ 138

　　综合编辑·························································································· 138

**第十章　提案**························································································· 141

　　保护你的剧本··················································································· 141

　　优化故事线······················································································ 141

　　开发电视连续剧················································································ 143

　　剧本提案·························································································· 145

　　个人提案·························································································· 152

　　推介材料·························································································· 153

**第十一章　机遇**······················································································ 158

　　社交······························································································ 159

　　新媒体·························································································· 162

　　视频游戏、游戏综艺、广告短片和真人秀················································· 163

　　如果他们喜欢我呢？··········································································· 163

　　长提案·························································································· 164

**淡出**·································································································· 167

**10 分钟编剧谈**························································································ 168

# 第一章

# 故事

**本** 章将帮助你开展头脑风暴，将你的想法锻造成一个故事并且打磨成为值得写成剧本的创意。我们将从人物缺点开始构建，敲定你的电影或电视剧试播集的钩子，确定中段，尝试结尾，然后看看当我们把它们全部放在一起时会发生什么。不是所有的头脑风暴工具都能撬开故事，但至少有一个会，当它行之有效时，以此为起点开展工作！

## 热身

设法腾出了10分钟时间，但此刻你的思路却冻结了。那你该写什么？是关于在某地做某件事的某个家伙，对吧？

没错，不管你信不信，这的确是一个开始！

## 🕐 10分钟课程：电影或电视剧试播集的核心要素

通常，电影或电视剧试播集讲述正遭遇问题的主人公身处变幻莫测的风险事件中。

### 课程结束

现在你有10分钟时间，我们把这些要素按序排列起来，看看你都想到了什么。

⑩ **10分钟练习：**

### 概述

主人公：他或她是怎样一个人？

问题：他碰到了什么困境？

行动：他为此做了什么？

风险：他最终会为此失去什么？

**恭喜你**

通过列出一些核心元素，你开始厘清自己的故事。再加入几个其他的想法，你会发现故事的轮廓愈加清晰。

# 情感

每个编剧老师都自有一套故事理论。

我的理论是：行动触发情感，情感触发行动。

老实说，就是如此。在电影剧本中行动和情感缺一不可。当你使用这些工具并创建自己的剧本时，重要的是记住这两者如何交织在一起。毕竟，谁会在乎电影中诸如炸弹爆炸、车辆追逐、超自然力量，抑或是婚礼这样的重要事件？除非我们有机会看到以上事件如何影响人物。

如果我们不了解触发人物情感的某一事件，那我们又怎会投入人物的真实感受中呢？行动为我们呈现故事，情感推动故事向前发展。

**(10)　10 分钟练习：**

**情感 + 行动 = 故事**

通过提出以下问题，主人公开始一段主动的情感之旅。

故事一开始，发生了这件事：_____。

这使主人公感到：_____。

所以他这样做：_____。

但是这导致另外一些人这样做：_____。

以上事件让主人公感到：_____。

所以他这样做：_____。

试着不停地问这些问题，看看你在 10 分钟内能创造出多少故事。

# 人物缺点

难道你不希望有人告诉你脑海中的剧本应该是什么样的吗？这个人能够想出情节点和场景，为你省下前期所有的规划工作。幸运的是，确有其人，那个人就是你的主人公。有了正确的问题和探索，主人公往往可以揭开他自己的电影故事。

这就是我们通过审视你笔下的主人公来开启写作的原因。我们要在他出场之前弄清楚他是怎样一个人，有什么缺点，那些缺点如何触发故事，以及他的个人原则如何在吸引人的情节和场景中回馈。

所以，让我们从你的主人公开始——"做某事的某个家伙"。如果那个家伙很有趣，那因为他是人，容易犯错，有缺点。什么？你的人物没有缺点？好吧，那就搞砸他，让他有缺点。完美的人物很无聊。有缺点的人物才会引起观众的共情。

有缺点并不意味着"致命性"——他们是简简单单的普通人。愤怒、傲慢、自私往往是让人物踏上崎岖道路的缺点。但是过度的甜腻、谦卑、仁慈也是缺点。

如果主人公没有焦躁不安，那么《生活多美好》（*It's a Wonderful Life*）会是什么样子？如果主人公不执着于他的目标，那《爆裂鼓手》（*Whiplash*）又会怎样？如果主人公没有拒绝，那么《苏菲的选择》（*Sophie's Choice*）又是一番怎样的旅程？如果主人公不酗酒，那么《杯酒人生》（*Sideways*）又会是什么样子？

在《荒岛余生》（*Cast Away*）中，小威廉·布罗伊尔斯（William Broyles Jr.）讲述了一个患有时间强迫症的男人的故事。他甚至给了这个男人一份与他缺点相关的工作：联邦快递主管。然后，将他困在一个荒岛上，在那里，他有的是时间。

即刻变身电影。

让我们看看有缺点的主人公会遇到什么麻烦。回答以下问题，看看电影如何发展。

**（10）**

**10 分钟练习：**

**主人公缺点的头脑风暴**

首先，确定主人公的缺点。然后，通过回答以下问题发掘他的故事。

1. 记住主人公的缺点，他面对的最糟处境是什么？
2. 他最初采取的行动是什么？
3. 这一行动产生怎样的反作用？
4. 谁是最不可能帮助他或与他合作的人？
5. 那个人会推动主人公采取什么新行动？
6. 谁或什么事会跳出来阻碍这个新行动？
7. 主人公的缺点如何转化为技能？
8. 他最终会采取的原本最不可能的意外行动是什么？

**恭喜你**

你已经建构出自己的整部电影或电视剧试播集！

## 人物驱动的结构（Character-Driven Structure）

如何通过回答关于人物缺点的问题来构建整个剧本？嗯……

**问题1~3**

在电影中，往往在人物碰到难题或是把已有的问题弄得更糟时，第一幕结束。这不只是他碰到了什么糟糕的事情。人物为此采取的行动往往是更为有趣的部分。他做了错误的选择，而随后的困境最终迫使他做出更好的选择。在电视剧试播集中，主人公有着类似的倾向，这个糟糕的选择开启整部剧，比如《绝命毒师》（*Breaking Bad*）。

**问题 4**

在电影第二幕的第一部分或是电视剧的第 2～4 幕中，主人公通常与次要人物直接或间接共事。这便建立起一层关系，创建了次要故事，也带给主人公可以与之互动的人物，让这一人物给他提供一个原本"最不可能"的选择，以此制造冲突。两人能否在处理他们个人冲突的同时达成目标？

**问题 5**

通常，电影中的次要人物或者电视剧中的所有人物是引起主人公采取新行动或开始改变的外部影响因子。次要人物不只是配合，他们还是来改变剧情的。他们推动故事发展，影响主人公，并且提出新想法。在电影或电视剧的结尾，这些事件还会迫使主人公直面自己的缺点并转变思维。

**问题 6**

电影第二幕的第二部分，或者在电视剧的第 3～5 幕，常会有一股反派势力阻止主人公实现目标。这就是反派……那个坏家伙。但有时候，也可能是某种自然力量，甚至是主人公自身的缺点。甚至有时候是三者的混合体！这部分的关键是牢记借用反派势力为主人公制造挑战，让观众既担心又好奇！

**问题 7**

现在，我们到了影片的第三幕或电视剧的第 5 幕。那么，主人公将如何摆脱他的困境？他一直有一个突出的特质：缺点。也许，这个缺点也能转化成某种技能。自私的人 = 幸存者。我行我素的人 = 冒险者。痴迷的人 = 知识渊博的人。电影的目标不是让你摒弃使主人公变得有趣的东西，而是利用那些特点来助力。寻找人物发展的关键？就是这样。技能/缺点的组合在电视剧的每一集中都会上演。《广告狂人》（*Mad Men*）中唐·德雷柏是一个酗酒的情场高手，但又是一个顶尖的广告人。我们很难想象优缺点分离的他还是不是他本人。

**问题 8**

在剧本的结尾，主人公一路所学让他不会再犯和之前同样的错误。简而言之，他去做了他原本最不可能做的事情。我们看到主人公做出正确的选择，而不是第一幕的错误选择。凭借这个新方法，他最终解决了自己的问题。在电视剧中，程式上总是使用同样的策略解决问题。通过做出一个新的选择，人物锁定嫌疑人，真正的杀手被揭示。在半小时喜剧中，人物通常也得"修复"他制造出的麻烦，而做出正确的选择正是修复的方法。但是，如果这是个大型连续剧，别太快让人物彻底解决问题。你可能需要一整季来达成。

# 故事前提（Premise）

所以，现在你知道主人公是谁并且知道他惹上了什么麻烦……那么你的电影到底要讲什么？

大多数编剧被问到这个问题时总有高远的主意。

"这个故事讲的是人性的残酷"，他们回答。

"这个故事讲的是对大爱的追寻。"

"这个故事讲先天下之忧而忧。"

不，你的电影到底讲什么？创意是什么？或者说……故事线（Log Line）是什么？

那个让电影厂一掷千金并让观众在电影院排队买票的完美的一句话梗概是什么？

大脑一片空白？幸好有个窍门，并且事实上花不了 10 分钟。就问你自己一个问题：影片的"如果"问题。

如果一个普通人爱上了一台电脑，将会怎样？

如果一个失业的男演员得到演出机会……去做一名肥皂剧女星，将会怎样？

如果一个高中女生被迫在对吸血鬼的爱情和与狼人的友情之间做出选择，将会怎样？

如果一个男人逆生长，而他的爱人日益变老，将会怎样？

当然，《她》（*Her*）、《窈窕淑男》（*Tootsie*）、《暮光之城》（*Twilight*）和《返老还童》（*Benjamin Button*）都是高概念电影，意味着这些电影往往仅依靠概念就能收获高票房。但这种"如果"问题在小人物驱动和反映现实生活的电影中同样存在。真正的电影一定有个"大创意"（Big Idea）。事实上，你开启这个项目也是因为想到了其他人没有想到的点子。

如果一个德高望重的数学家脑海中的政府绝密计划实际上是他精神分裂的幻觉，将会怎样？

如果一个城市郊区的一位父亲的中年危机引发一场谋杀，将会怎样？

我们认为《美丽心灵》（*A Beautiful Mind*）和《美国丽人》（*American Beauty*）是高剧情，而不是高概念电影。然而在不同剧本中，编剧都在故事中找到了"大创意"并加以充分利用。比如说，《美丽心灵》可以只讲述与病魔作斗争的著名数学家的故事，但是那样能抓住观众的眼球吗？将焦点放在想象的绝密计划上，编剧创造的既是悬疑电影，又是人物传记。

《美国丽人》将故事打造成惊悚片也很明智。事实上它是一部中年危机电影，但仅以此提案，你面对的将是吃着寿司睡着的制片人。给造成主人公身亡的中年危机增加反转，你将开启一场竞价大战。

《国王的演讲》（*The King's Speech*）是有助于拉高故事前提的高风险电影：如果一位口吃的国王想要发表鼓舞国人抵抗纳粹的演讲，会怎样？

所以，让我们来寻找你的"大创意"，那个使你的故事值得登上大银幕的特殊的故事前提。就在这儿！为电影或电视剧提出你自己的"如果"问题。记得聚焦钩子。是什么让你的故事变得独一无二？是两个对立人物的冲突吗？是人物用来解决难题的非常规手段吗？或者是难题本身——其他电影中没有出现过的大麻烦？

思考。

再思考。

当你尝试寻找钩子，你可能会沉溺于第一幕。但你也应该留意剧本的其他部分。比如，"我能看到已死之人"直到《第六感》(*The Sixth Sense*)的中间点才被揭露。毫无疑问，那就是钩子。

明白了吗？好，接下来继续。

**⑩ 10 分钟练习：**

**寻找你的故事线**

如果＿＿＿＿＿＿＿＿＿＿＿＿＿＿＿＿＿＿＿＿＿＿＿＿＿＿＿＿＿会怎样？

在上面这个句子里看到你的"大创意"了吗？没想到你也可以这般归纳，是吧？

现在，划掉"如果"，将此陈述句变成一个切实可行的故事线。

如果＿＿＿＿＿＿＿＿＿＿＿＿＿＿＿＿＿＿＿＿＿＿＿＿＿＿＿＿＿会怎样。

**恭喜你**

故事线是剧本的基石。通过定义"大创意"、钩子，你拥有了建构故事的基石。从这里开始，你可以把自己的想法付诸实践了。

# 次要人物

据说，电影里的每个人物都觉得自己是主人公。第一次听到这话时，我觉得，"当然！凭什么影视剧中的人物没我们这般以自我为中心？"

反派不认为他自己是反派——他觉得自己是个英雄。他觉得那些长得好看、戏份又多的人纯粹是在挡他的道。主人公的爱恋对象不知道她正是"那个女孩"——她觉得自己才是掌控一切的人。

如今的儿童电影通常基于这个概念。通过切换视角讲述故事，将儿童故事里典型的坏家伙变成一个英雄，你就找到了一个大热门。《怪物史莱克》(*Shrek*)从怪物视角讲述公主故事；《怪兽电力公司》(*Monsters, Inc.*)讲述吓唬小孩的怪兽的故事；《卑鄙的我》(*Despicable Me*)简直就是关于世界上最大的反派的考验与磨炼。

皮克斯从看似不起眼的人物的视角构建整个世界很有一套。比如：如果孩子们房间里的玩具都活了会怎样？[《玩具总动员》(*Toy Story*)]如果虫子们有它们自己的社会，人类和鸟在那儿反而成了阻碍会怎样？[《虫虫特工队》(*A Bug's Life*)]如果一个小女孩的内心感受也有它自己的感受会怎样呢？[《头脑特工队》(*Inside Out*)]

从次要人物的视角讲述故事也会带来好电影。《伴娘》(*Bridesmaids*)从伴娘的视角讲述故事。《女王》(*The Queen*)从戴安娜王妃的婆婆的视角讲述王妃去世的故事。《无间行者》(*The Departed*)更为复杂，因为它平等地关注卧底圈套中对立面的两个男人的生存。《权力的游戏》太棒了，因为它将每一个人物的故事完全交织进故事世界——无论多么无足轻重的人物。（第四季"小拇指"的转变你看到了吗？令人惊叹！）

通过挖掘次要人物和反派的个体故事，你会在剧本中发现他们的人物成长弧并找到新的深度。你甚至会想到一个更好的剧本创意。你仍处于头脑风暴的阶段，所以值得花上 10 分钟时间试一试。

**10 分钟练习：**

**次要人物的故事线**

如果_____会怎样？

（爱恋对象的故事线）

如果_____会怎样？

（导师的故事线）

如果_____会怎样？

（好朋友/家庭成员的故事线）

如果_____会怎样？

（反派的故事线）

**恭喜你**

从其他人物的视角看剧本，你便将他们视为拥有自己故事的丰满个体。甚至，如果你发现其他人物的故事更为激动人心，也不要担心。对于你的剧本创作来说，作出新选择一点都不晚。

# 难题（Complication）

一个好的故事线能使读者或听众想要更多地了解你的剧本。不可避免的后续问题是："然后呢？"接下来会发生什么？你把故事引向哪里？

所以，我来告诉你。

然后呢？

你不知道？那么是时候对故事中的主要难题进行头脑风暴了。如果你的故事线是"一个疑惑的医生发现12岁的病人可以看到已死之人"，那么"然后呢？"就会将焦点放在这一故事线的结果上——出现什么难题。在《第六感》这一例子中，当已死之人威胁到了男孩的心智并且这一情况威胁到了治疗师的婚姻时，难题出现。注意，这些"难题"都是源于这些反派角色——"已死之人"。

一旦设定好了故事前提，你就要问自己，人物将遇到什么难题，你可能会发现那些难题已经由反派制造好了。谁会阻止主人公做他想做的事情？那个人会采取什么邪恶的手段？这就是故事中的难题，也通常是"然后呢？"的答案。

有时候因为次要人物的闯入而产生难题。即便是像陷入恋情这样一个积极的事件，依然是个难题。在《疯狂愚蠢的爱》（*Crazy, Stupid, Love*）中，次要人物教主人公搭讪女人，主人公却爱上了他的女儿，难题出现了。而《朱诺》（*Juno*）中，当朱诺变得依恋有意向收养她孩子的那对夫妇时，难题出现了。

有时候，主人公的缺点会带来难题，这是件好事。只有时不时出现并且改变现状，缺点才真正有用。在《沉默的羔羊》（*The Silence of the Lambs*）中，汉尼拔·莱克特强迫克拉丽斯面对她自己的梦魇，缺点的出现导致她在连环杀手面前变得软弱。在《和莎莫的500天》（*500 Days of Summer*）中，主人公汤姆·汉森的浪漫天性和坠入爱河的痴狂导致他被持续推向糟糕的感情状况。

现在是时候对你自己的故事中的难题开展头脑风暴了。这样一来，你就会发现中间点事件，然后将它以这样的方式写出来，使剧本更加突出，赋予剧本一种另外的"气质"，它需要再次抓住读者和观众。

**⑩ 10 分钟练习：**

**发掘难题**

发掘电影故事或者电视剧试播集中的难题：

当_____时，难题出现。

现在使它更突出。

不要担心会走向极端。

可能会发生的最糟糕的事情是什么？

可能会发生的最令人激动的事情是什么？

当_____时，难题出现。

再列出几个难题。不要忘了想想你的次要人物以及他们正在经历的事情。

当_____、_____和_____时，难题出现。

**恭喜你**

你已经往人物的故事里丢了一个扳手并迫使他去解决推高第二幕的新难题。通过巧妙地解决难题，人物赢得幸福的结局。如果旅程很简单，那就不叫电影或者电视剧了。

# 梗概

关于人物的头脑风暴让你对自己的故事有了感觉。创建情节线的过程让你找到钩子，设置难题进一步将创意扩展进你的作品。

但是我们做的这些都是零零散散的。现在，想想看当我们用一个简单的开始、中段、结尾来描述故事时会是什么感觉。

使用简短的梗概模板可以助你达成目标，注意"解决"部分代表了不同的选择，你也可以自由地使用。

**⑩ 10 分钟练习：**

**简明梗概**

带有"钩子"的故事前提：（如果）_____（会怎样）？

困境：当＿＿＿＿＿＿＿＿＿＿＿＿＿＿＿＿＿＿＿＿＿＿＿＿＿＿＿＿＿＿＿＿时，难题出现。

解决：结果他发现＿＿＿＿＿＿＿＿＿＿＿＿＿＿＿＿＿＿＿＿＿＿＿＿＿＿。

或者，幸运的是，＿＿＿＿＿＿＿＿＿＿＿＿＿＿＿＿＿＿＿＿＿＿＿＿＿＿。

或者，不幸的是，＿＿＿＿＿＿＿＿＿＿＿＿＿＿＿＿＿＿＿＿＿＿＿＿＿＿。

用积极的、描述性的语言来检查自己的电影。不单单是人物的感受，他们在行动！使用动词！

片例：《绿野仙踪》（*The Wizard of Oz*）

（如果）一个不安的女孩被一场龙卷风卷进一个魔幻的世界，并且发现自己回家的唯一途径就是寻求强大的男巫的帮助（会怎样）。当邪恶的女巫威胁她和她的新朋友：一个没有头脑的稻草人，一只怯弱的狮子，以及一个没有心脏的铁皮人时，难题出现。幸运的是，他们战胜了女巫，证明了他们拥有解决自己问题的头脑、勇气和内心。

片例：《绝命毒师》（试播集）

（如果）一个被诊断为肺癌的化学老师与学生制贩毒品，以支付高额的医疗费用（会怎样）。当他与毒贩对抗时难题出现，这个毒贩和他在缉毒局工作的妹夫互相勾结。幸运的是，这个老师能够配制迅速毒死毒贩的毒气，结果他发现权力和经济利润可能都在自己的掌控之中。

**恭喜你**

开端、中段、结尾都不可小视。在电影方面，这些是你的第一、第二、第三幕。对于电视剧来说，你已经涵盖了主要的情节重点来写你的试播集了。

# 解决（Resolution）

在你知道故事的结局前你是难以动笔的。这一点在创建电视剧试播集时尤其重要，因而你的试播集的结局开启了整部剧，所以你要考虑在那个点需要建立什么。

在以下这些剧的试播集的结尾……

《行尸走肉》：我们知道丧尸无处不在。副治安官格雷姆斯在寻找他的家人，而他老婆正和他最好的朋友偷情。

《绝命毒师》：我们知道沃尔特答应和杰西一起制毒。他已经惹毛了当地的毒贩，但他享受这种权力。

《我为喜剧狂》（*30 Rock*）：我们知道崔西是节目固定的大牌明星并且他一定会惹出麻烦。利兹雷蒙的新老板篡夺了她的权力并且大概率还会继续这么做。

《生活大爆炸》（*The Big Bang Theory*）：谢尔顿、莱纳德、霍华德和拉杰什的人设全是书呆子。我们还发现莱纳德对佩妮情有独钟并且会持续追求她。

**10 分钟练习：**

**建立你的着陆点**

在剧本的结尾，这一事件需要发生：_____

在剧本的结尾，这层关系需要被建立：_____

在剧本的结尾，这个秘密需要被揭示：_____

在试播集剧本的结尾，这部剧的目标需要被建立：_____

**恭喜你**

你现在建立了着陆点，就可以开始列出导向这一结局的大纲了。

虽然知道剧本结尾将要发生什么的感觉很棒——你笔下的"甜心"结婚了，警察抓住了劫匪，好人打败了坏人——但让这一切如何发生可能是一种挑战。

记住观众将他们的兴趣和钱投入影片或是剧集，为的是见证人物如何解决大麻烦。要是观众对眼前的解决方案/结局不满意，他们就会关掉电视或要求退钱。

许多编剧的确知道为他们笔下的人物准备一个"重大发现"，他们只是不知道如何将剧情引导到那里。通常，答案可以在巧妙的细节中找到——我称之为"触发"时刻——它可以导向重大发现。

在《查理和巧克力工厂》（*Charlie and the Chocolate Factory*）中，整个故事被一个有关诚实的"触发"时刻反转，查理归还了别人要求他偷窃的绝密新糖果。他的诚实行为引发了第三幕的奖励。

在《皇家赌场》（*Casino Royale*）中，詹姆斯·邦德被问及他应该转移的资金时，他意识到一生挚爱已经背叛了自己。

在《无痛失恋》（*Eternal Sunshine*）中，主人公乔尔·巴里斯拿到一盒关于他前女友的卡式磁带，这让他恢复了记忆。

在《国土安全》（*Homeland*）中，手指紧张的敲击导致了主人公相信战争英雄实际上是在向恐怖分子发送编码信息。重申，这是个微小的时刻——虽然是对主人公的误导——但这是导向重大发现的触发时刻。

从重大发现逆推，可以挖掘剧本中主要的"触发"时刻。

**10 分钟练习：**

**逆推结尾**

1. 先确定最终的重大发现：人物发现什么事情会最让人痛苦、震撼、惊讶或是快乐？
2. 人物在哪里发现了它？
3. 是什么物理线索将他引向那个地方？
4. 哪句话触发了人物去寻找这一线索？
5. 发生了什么事导致人物说出那句台词？

6. 出现了什么难题引发了那件事？

7. 主人公自身的行动如何引发了那个难题？

8. 主人公的什么目标导致他做出错误举动而引发这个难题？

9. 主人公世界的什么情境激发了那个目标？

**恭喜你**

通过回答以上问题，你应该至少有一种将剧情导向重大发现的新方法。相比仅仅被上述答案绊倒（或更糟），只是被告知，推动人物走向真相的一系列巧妙细节是更为精彩的旅程！

## 情节要素和人物要素

再用10分钟时间把你的要素列在一页纸上并评估。将其作为参考工具，在后续的整个创作过程中提醒自己最初创作剧本的意图。

**10 分钟练习：**

**要素单**

使用这一表单总结到目前为止你完成的"10分钟"练习。

主人公的缺点＿＿＿＿＿＿＿＿＿＿＿＿＿＿＿＿＿＿＿＿＿＿＿＿＿＿＿＿＿＿

故事线＿＿＿＿＿＿＿＿＿＿＿＿＿＿＿＿＿＿＿＿＿＿＿＿＿＿＿＿＿＿＿＿＿＿

次要人物故事线＿＿＿＿＿＿＿＿＿＿＿＿＿＿＿＿＿＿＿＿＿＿＿＿＿＿＿＿＿

主要难题＿＿＿＿＿＿＿＿＿＿＿＿＿＿＿＿＿＿＿＿＿＿＿＿＿＿＿＿＿＿＿＿

触发＿＿＿＿＿＿＿＿＿＿＿＿＿＿＿＿＿＿＿＿＿＿＿＿＿＿＿＿＿＿＿＿＿＿

幸运/不幸的结尾＿＿＿＿＿＿＿＿＿＿＿＿＿＿＿＿＿＿＿＿＿＿＿＿＿＿＿＿

**恭喜你**

你创建了一个帮你在提炼大纲、写作和扩展剧本时走向正轨的蓝图。

## 编剧

你所做的一切工作——发现人物驱动的故事，创建结构，利用"如果"问题来找到钩子，在钩子的基础上发现难题，以及逆向推导结尾——应该已经帮你在脑海里创建了一个真正的电影故事或者电视剧试播集。

此外，作为一个资深影迷和剧迷，你已经拥有帮助你成为编剧的故事感觉。作为努力不让自己变得无聊的人，你已然是一位讲故事大师。你可以向朋友和同事讲述有趣的事情，追忆往事，以及给孩子讲睡前故事。

　　事实上，下一个模板使用睡前故事的语言和简单节拍来帮助你讲述自己的电影故事。你不需要华丽的电影术语去写大纲，只需要一个扎实的开端、中段和结尾。

　　这个模板有点长，因为它贯穿整部电影或试播集。为了在几个10分钟时间里处理完，它被分成四等份：开端、中段（第一部分）、中段（第二部分）和结尾。

　　如果你在某个部分大脑陷入一片空白，就跳到下一部分。或者，这意味着你的电影缺少了某个"障碍"事件。编点东西，看看会发生什么！

**（10）10分钟练习：**

**像讲睡前故事一样描述你的电影**

**10分钟：**

**开端**

从前，有一位＿＿＿＿＿＿＿＿＿＿＿＿＿＿＿＿＿＿＿＿＿＿＿，
　　　　　　　　　　　　　　主人公

他是＿＿＿＿＿＿＿＿＿＿＿＿＿＿＿＿＿＿＿＿＿＿＿＿＿＿。
　　　　　　　　　　　　　人物缺点

当＿＿＿＿＿＿＿＿＿＿＿＿＿＿＿时，他＿＿＿＿＿＿＿＿＿＿＿。
　　　　　　障碍　　　　　　　　　　缺点驱动的策略

不幸的是，＿＿＿＿＿＿＿＿＿＿＿＿＿＿＿＿＿＿＿＿＿＿＿＿。
　　　　　　　　　　　　　搞砸了

所以，主人公决定＿＿＿＿＿＿＿＿＿＿＿＿＿＿＿＿＿＿＿＿。
　　　　　　　　　　　　　目标

并且不得不＿＿＿＿＿＿＿＿＿＿＿＿＿＿＿＿＿＿＿＿＿＿。
　　　　　　采取开始一段新旅程的行动

**恭喜你**

通过将主人公描写成一个有缺点的人，你完成了人设。通过主人公不明智的选择，你也引发了一个电影或电视剧级别的问题。这有助于推动故事中的人物向前发展。

**10分钟练习：**

**中段（第一部分）**

为了做出这一行动，他决定＿＿＿＿＿＿＿＿＿＿＿＿＿＿＿＿。
　　　　　　　　　　　　策略

不幸的是＿＿＿＿＿＿＿＿＿＿＿＿＿＿＿＿＿发生了，这导致了
　　　　　　　　　障碍

＿＿＿＿＿＿＿＿＿＿＿＿＿＿＿＿＿＿＿＿＿＿＿＿＿＿＿＿！
　　　　　　难题

现在他不得不_____或冒险_____!

新任务　　　　　　　　　　个人危机

**恭喜你**

你已经为主人公设定了可能导向各种险境的目标。然后直到中间点，你创建了迫使观众再次投入人物和他的故事的重大困境。

**10分钟练习：**

**中段（第二部分）**

主人公曾想_____，

旧欲望

他现在想_____。

新欲望

但当_____发生时，这又如何实现？

障碍

十分_____的主人公_____。

情绪　　　　　　　　　　采取新行动

但这却导致了_____。

低谷

**恭喜你**

你利用反派势力搞砸主人公的好事，并让观众误以为败局已定。这让第三幕——主人公解决问题时——感觉更像一场胜利。

**10分钟练习：**

**结尾**

幸运的是，这帮助主人公意识到_____!

解决方案

他不得不_____!

吸取教训后的行动

利用_____，_____和_____，

其他人物　　　　　　技能　　　　　　　工具

主人公有能力_____。

胜利在望的行动

不幸的是，_____。

终极障碍

但这次，他_____!

聪明的策略

结果_____。

改变局面

**恭喜你**

主人公在他的旅程中有所收获，利用其他人物、技能和一路上所获得的资源来解决问题。只是要确保不能结束得过于平坦，增加的终极障碍——现代故事结构的重要部分，赋予电影剧本最后一个悬念。

为了达到目的，你一点点编织出故事——随着你填写这些空白。如果你觉得哪个节拍不适用，就换一个词。这样一来可能会改变整个故事！

### ■ 10 分钟小结：故事

1. 就故事的**核心元素**和**情感**展开头脑风暴。

2. 通过人物**缺点**找到**人物驱动**的结构。

3. 通过创建**"如果"故事线**寻找概念。

4. 通过创建**难题**开展第二幕。

5. 通过写出**梗概**来确定开端、中段和结尾。

6. 使用**逆向头脑风暴**来帮你找到结尾，从"重大发现"回溯"触发"解决方案。

7. 像讲**睡前故事**一样描述你的电影来获得流畅感。

# 第二章

# 结构

结构就是故事节拍的组织。的确是这样，事件的位置及其占据的银幕时间决定着故事的"结构"。可当编剧、教师和其他从业者尝试确定必要事件及其位置时，一切都变得有点让人抓狂。

关于故事结构的书有不少，相关的理论的也有，争论也不少。编剧要么觉得必须遵循他们所学的一切规则，要么彻底放弃结构并置身于艺术的海洋。

如许多编剧类图书作者一样，我在此提供一些普遍存在于兼具口碑与票房的电影和电视剧试播集中的策略指南，并且在本书中坚持这一原则。例如，我们的人物驱动的结构——有缺点的人物被赶出自己的舒适区也是一种结构模式。接下来，我会指明人物穿越故事之旅时促使他们从低谷走向高峰的更多模式。

但是这只是一个指南，提醒你人物做出新选择时，故事也随之改变。你不必以本书阐述的模式原样创建故事。相反，一旦你确定了故事的开端、中段和结尾，那就去自由创作吧。

在开始前，为了尽可能保持故事明晰，我将带你了解创建线性结构的各个步骤。

是的，我说的是线性。相信我，结构反对者！我保证在你了解线性结构后，依然可以改变这一结构并以你想要的任何方式讲述故事。只要你的写作是清晰的，你可以适时地闪回和闪前。你可以多点叙事，你也可以倒叙。但要想这一切有意义，你要先确定一个简单的开端、中段和结尾。

## 简明电影结构

那些书到底都在探讨什么？故事结构的秘密是什么？说真的，这无外乎是创伤（Trauma）、训练（Training）、考验（Trials）和胜利（Triumph）。

### ⏰ 10 分钟课程：创伤、训练、考验和胜利

开端（第一幕）应有创伤。这可以是戏剧性创伤，比如失去工作或爱人。或者，这只是某种新的体验，比如坠入爱河。原则：新的经历打开了主人公的世界并将他推进自己的电影。中段的第一部分（第二幕 A）专注于训练。可以是《龙威小子》(*Karate kid*) 般"一招一式"的训练，也可以是"职场学习"。在新的工作、新的感情或新的维度中学习新技能和结识新朋友。中段的第二部分（第二幕 B）中，随着主人公不断接受考验，我们测试那些技能，并且让那些朋友们发挥作用。这些考验往往因反派的阻挠、冲突的升级或人物缺点的重现而失败。幸运的是，在结尾（第三幕），主人公解决了难题或是有了新的领悟，胜利如期而至。注意：胜利不总意味着"从此永远快乐"，还意味着故事的结束。

**课程结束**

---

**10** 10 分钟练习：

**发掘故事片结构**

填充以下空白，见证你的故事诞生！

第一幕　创伤

这一事件的发生直接打开主人公的世界：

---

第二幕 A　训练

主人公"在工作中"这般训练：

---

第二幕 B　考验

主人公的技能和知识以这一方式经受考验和挑战：

---

第三幕　胜利

主人公以这一方式解决了关键问题或回答了重要问题：

---

**恭喜你**

故事结构？搞定！继续向前。

## 电视剧试播集简明结构

虽然创伤、训练、考验和胜利同样适用于电视剧试播集，但更为简单的方法是将它的结构视为源起（Origin）加上迷你集（Mini-episode）。

⏰ **10 分钟课程：源起 + 迷你集**

　　仅仅聚焦建置或故事的试播集都将失败。好的试播集夯实全剧的源起。这可以是将人物（们）卷入剧情世界的个人需求或个人风险。接着是聚焦人物（们）的一个事件，开启迷你集。这个迷你集是你在之后每一集都会用到的冲突范例，它也向制片人和观众展现出全剧的真实的样子。

**课程结束**
___

⑩ **10 分钟练习：**

**发掘试播集结构**

填充以下空白。记住，这只适用于你的试播集。

源起

在开启全剧的冒险旅程前，人物（们）的需求和风险是：
___

事件

这一事件建立的冲突将贯穿本剧的每一集：
___

迷你集

人物（们）做了这些事来解决事件带来的问题：
___

**恭喜你**

你完成了整个试播集的结构。（谁说这一定很难？）


# 组织你的故事

　　如前所述，电影的剧本结构并非需要你全盘遵循或完全拒绝，它只是故事的组织。

　　试想一下，把你所有的电影创意都写在一张张小纸条上。假设有无数张小纸条，而且它们到处都是（我觉得你们之中肯定有人知道我到底在说什么）！你可以将这些纸条抛向空中，看看它们落地的位置并寄希望是最好的结果。你也可以将它们交给观众并告诉他们自己去构思电影。或者，你可以将这些小纸条组织成严丝合缝的有逻辑、有意思的故事，是你自己的故事。这个组织就是你的"结构"。

　　为了更好地厘清结构流程，我先带你熟悉几个术语，以便我们在同一频道上。你可以把它看作是幕、段落和场景的10分钟速成课。

### ⏰ 10 分钟课程：幕、段落和场景

回想一下刚才的那些小纸条——写有创意的纸条。假设把这些纸条分成三四堆，这就是幕。再把每一堆分解成各幕所需要的一系列事件，这些是你的主要段落。接下来，检查每一个代表段落的堆并查看每一张纸条。每一张纸条上有一个人物时刻或是行动时刻，这些是场景。

**复习**

故事的大体的划分是幕。

将幕划分得到段落。

将段落进一步划分显现独立的场景。

**课程结束**

## 结构表

结构表是帮助你"看见"剧本结构蓝图的一页表格。只要紧跟每一个步骤，你就会见证故事的建立。

### 第一步：将你的故事分成多幕。

让我们从这几大"堆"的创意——幕——开始。本书中，我们将通过剧本分幕来简化结构。对故事片而言，我们将用四幕（第一幕、第二幕A、第二幕B和第三幕）替代传统的三幕结构（第一幕、第二幕和第三幕）。将第二幕一分为二避免了三幕之中最长的幕陷入重复并最终变得空洞。我们也打破30页（第一幕）、60页（第二幕）、30页（第三幕）这一传统概念，以每幕25页取而代之。毕竟，如今绝大多数英文剧本的平均长度为110页。120页太长了。

借助以下方式思考剧本结构：

第一幕：第1~25页。

第二幕A：第26~50页。

第二幕B：第51~75页。

第三幕：第76~100页。

当我们读到本书真正的写作章节时，你会发现每一幕写25页远没有写60页那么令人恐惧。大约每个工作日写2页，你就能轻松完成剧本。

如果你正在写一小时剧，那它倾向于被写成五幕或六幕，但你仍可以将主要节拍编组到各幕。你仍然可以按照开端、中段和结尾来构思。只是你可以为这些部分增加更多的幕间（反转和变化）。一小时剧的剧本页数和幕间与故事片有所不同。但既然这一切都是关于组织，不妨先以每幕10页去构思。

第一幕：10页。

第二幕：10页。

第三幕：10页。

第四幕：10页。

第五幕：10页。

多机位半小时剧 [ 如《生活大爆炸》和《好汉两个半》( *Two and a Half Man* )] 传统上包含两幕，但算上广告时间，将它视为四个部分依然有效。

第一幕A：10页。

第一幕B：10页。

第二幕A：10页。

第二幕B：10页。

注意：多机位剧本采用双倍间隔的格式。这正是剧本总页数达到40页或更多的原因，但时长依然被控制在30分钟之内。

如果你正在写倾向于被分成三幕的单机位半小时剧 [ 如《办公室》( *The Office* )、《副总统》( *Veep* )]，为了保持简单，暂以每幕10页构思。

第一幕：10页。

第二幕：10页。

第三幕：10页。

现在从分幕出发，你需要对每一部分将要讲述的故事展开头脑风暴。

## 第二步：为各幕命名。

每一幕都有新的事件发生，主人公也处在不同的状态。所以，可以根据各幕发生的主要事件或行动思考如何为其命名。你可以如下这样命名。

| 男孩遇见女孩 | 男孩爱上女孩 | 男孩失去女孩 | 男孩追回女孩 |
| --- | --- | --- | --- |
| 第一幕 | 第二幕A | 第二幕B | 第三幕 |

或者，你可以使用更为主题化的标题。

| 知己 | 完美爱情 | 破碎的梦 | 永不放弃 |
| --- | --- | --- | --- |
| 第一幕 | 第二幕A | 第二幕B | 第三幕 |

这取决于你。无论采用什么方式，你正将故事节拍编组到表明故事阶段的标题下。

电影《绿野仙踪》( *The Wizard of Oz* ) 看起来是这样：

第一幕　　在堪萨斯的烦躁不安

第二幕A　在奥兹遇到的麻烦

第二幕B　男巫的挑战

第三幕　　女巫的对决

正如我们所了解到的，桃乐茜与格尔奇发生冲突，回家路上被她大声叫骂，所以在影片的前四分之一，桃乐茜希望自己"飞跃彩虹"。这正是我们将这一幕命名为"在堪萨斯的烦躁不安"的原因。

第二幕前半段"在奥兹遇到的麻烦"出现，她的房子在奥兹坠落时意外地砸死了一个女巫，得罪了受害者的妹妹，在黄砖路上不得不保护她的朋友们。

但当他们抵达翡翠城后，第二幕后半段"男巫的挑战"又挡住了她的前路。她不得不伪装溜进城堡，但根本进不去，然后男巫给了她一个看似不可能完成的任务：把女巫的扫帚带回来给他！

面对这个任务，第三幕与"女巫的对决"不可避免。女巫绑架了桃乐茜，她的朋友们只能乔装打扮成守卫去营救她。这个举动激怒了女巫，她想烧死稻草人。桃乐茜急中生智用水泼向女巫，这一下竟"杀死"了女巫，只留下她的扫帚。回到翡翠城，所有人都得到了奖励。

一部电影，四个部分。

但要是我们不想以此次序讲故事呢？

挪动任何一幕都将重建电影结构。

第一幕　　　在奥兹遇到的麻烦

第二幕A　　男巫的挑战

第二幕B　　女巫的对决

第三幕　　　在堪萨斯的烦躁不安

看看我们的新故事。通过简单地重排标题，我们就有了一个不同的电影。桃乐茜回到堪萨斯，但她在那一点都不高兴。她哭着说："没有地方比得上奥兹。"

通过移动各幕的位置继续做出结构性改变。移动任何一幕都会得到新故事。

改变每一幕的标题都有助于你进行头脑风暴，使情节大为改变。

第一幕　　　男巫的挑战

第二幕A　　女巫的对决

第二幕B　　桃乐茜发现男巫是个骗子

第三幕　　　桃乐茜接管奥兹

这里，我们完全把电影设定在奥兹。在这个故事中，桃乐茜按命令移交扫帚，但在第二幕B中发现自己被假的男巫骗了！现在，第三幕要面对这一问题并展现桃乐茜如何作为新的法师接管整个奥兹。

所以，在这一环节尽情尝试混合和匹配，直至你找到合意的故事和结构。

**⑩ 10 分钟练习：**

**发掘多幕结构**

以总结主题或事件的短句"标记"每一幕。你正在打造结构，试着感受剧本的"蓝图"。

故事片

| | | | |
|---|---|---|---|
| 第一幕 | 第二幕 A | 第二幕 B | 第三幕 |

一小时剧

| | | | | |
|---|---|---|---|---|
| 第一幕 | 第二幕 | 第三幕 | 第四幕 | 第五幕 |

多机位半小时剧

| | | | |
|---|---|---|---|
| 第一幕 A | 第一幕 B | 第二幕 A | 第二幕 B |

单机位半小时剧

| | | |
|---|---|---|
| 第一幕 | 第二幕 | 第三幕 |

放开写，这只是几个短句。重新调整你的句子，甚至用新的标题加以替换，看看你的故事会发生什么变化。

**恭喜你**

你为自己的剧本创建了结构性时间线，并归纳为几个短句。

## 第三步：增加幕间。

至此，你大致知道了故事走向，可以开始扩充故事了，问问自己"发生了什么"和"揭示了什么"。尽管你知道自己想要覆盖每一幕的内容是什么，也要弄清楚每一幕结尾处有什么新情况被发现或发生，这将推动故事进入下一部分。这就是你的幕间。也许，主人公自认为知道将会发生什么事情，但往往有某种力量迫使他跳入下一幕寻找答案。

比如《绿野仙踪》的第一幕结尾，桃乐茜得知她必须寻求男巫的帮助才能回家。随后，她沿着黄砖路出发……第二幕就此开始。

《绿野仙踪》各幕的标题和幕间如下。

**各幕的标题**

| 在堪萨斯的烦躁不安 | 在奥兹遇到的麻烦 | 男巫的挑战 | 女巫的对决 |
|---|---|---|---|
| **揭示** | **揭示** | **揭示** | **揭示** |
| 桃乐茜只能从男巫那儿找到回家的方法 | 桃乐茜到达翡翠城，但是进不去 | 桃乐茜想要得到男巫的帮助就必须帮他拿回女巫的扫帚 | 桃乐茜只有意识到"没有什么比得上家"才能回到家 |
| **第一幕** | **第二幕 A** | **第二幕 B** | **第三幕** |

（10）

**10 分钟练习：**

**增加幕间**

在第二步你已经为每一个部分起了标题。现在，在每一个标题下方，描写该幕的情节反转、揭示或个人改变。如果你一个都没有，那赶快增加一个！

| 标题 | 标题 | 标题 | 标题 |
|---|---|---|---|
| **幕间** | **幕间** | **幕间** | **幕间** |
| 第一幕 | 第二幕 A | 第二幕 B | 第三幕 |

## 第四步：增加关键事件。

你知道每一幕结尾的转折是什么。现在，你将弄清楚各幕中导致这一转折的事件是什么？是什么引起的？一路上有没有障碍？记住各幕标题所表明的焦点或主题。什么事件映射它？

《绿野仙踪》中，桃乐茜出走却遭遇龙卷风，呈现出包含在这一幕标题中的一丝"不安"。但她也杀死了坏女巫，成了女巫妹妹的敌人。这些事件把我们推至幕间：现在她必须回家，而且只此一条路。

**（10）** **10 分钟练习：**
**增加关键事件**

通过建立在各幕标题上的关键事件或一系列事件来扩展各个部分，这些事件也导向"幕间"。

| 标题 | 标题 | 标题 | 标题 |
|---|---|---|---|
| **关键事件** | **关键事件** | **关键事件** | **关键事件** |
| **幕间** | **幕间** | **幕间** | **幕间** |
| 第一幕 | 第二幕 A | 第二幕 B | 第三幕 |

如果你正在写电视剧试播集，这些关键事件也可以被分成故事 A、B 和 C 来覆盖你的情节线（主要和次要），这些情节线将贯穿整个故事。

| 标题 | 标题 | 标题 | 标题 | 标题 |
|---|---|---|---|---|
| A 故事：关键事件<br>B 故事：关键事件<br>C 故事：关键事件<br><br>幕间 | A 故事：关键事件<br>B 故事：关键事件<br>C 故事：关键事件<br><br>幕间 | A 故事：关键事件<br>B 故事：关键事件<br>C 故事：关键事件<br><br>幕间 | A 故事：关键事件<br>B 故事：关键事件<br>C 故事：关键事件<br><br>幕间 | A 故事：关键事件<br>B 故事：关键事件<br>C 故事：关键事件<br><br>幕间 |
| 第一幕 | 第二幕 | 第三幕 | 第四幕 | 第五幕 |

**恭喜你**

你建立了包含故事事件和主要反转的标题。现在，你可以在一页纸上看到影片的蓝图。看起来一部电影或电视剧成功在握！

### ■ 10 分钟小结：结构

1. 将你的故事**分解**成多幕。
2. 为每一幕**命名**，体现每一幕的事件或主题。
3. **挪动**和**重新命名**你的标题来测试结构的更多可能性。
4. 在每一幕的结尾建立起将故事推向新方向的**幕间**。
5. 通过增加建立各个幕间的**关键事件**来充实每个部分。
6. 检查整个**结构表**，在一页纸上纵览"**大蓝图**"。

第三章

# 大纲

如果你还是觉得没有把所有组件拼在一起，别担心，本章将帮助你发掘更多的行动和可能性。

大纲有助于你想出更多的故事点子，促使你做出更巧妙的场景选择，最重要的是确保你在写作途中不偏离轨道。潜在的挑战是大纲占据过多的页面或者超过实际剧本的创作要求时间。

如果问一个编剧关于大纲的问题，你可能会看到他愁眉不展。也许是因为他们觉得除非写满25页、包括所有场景，要不然大纲就还没完成。但一旦开始写剧本，这样的大纲并没有留出太多的改动空间。在写作过程中，我们会发现太多东西需要写下来！

出于这个原因，而且因为写大纲确实令人头疼，所以，我们将化繁为简。

## 八段节拍表

好的剧本大纲只需要列出宽泛的节拍并为编剧提供一个指引。它也应该是具有延展性的工具，随着故事的改变而改变。出于这些原因，应将大纲的主体集中在简明的八段节拍表中。

"节拍表"这个术语的意思，见仁见智，即使是术语"节拍"也令人困惑。在本书中，我们所提及的节拍是指故事的不同段落。我们将剧本分成八个节拍/段落，并使用节拍表的细节去开发故事和人物。

### 将四幕分成八个段落

在这个节拍表中，你将看到八个段落，大概就是一幕二段。还记得四幕结构吗？行，我们直接将各幕一分为二。

| 段落 1 | 段落 2 | 段落 3 | 段落 4 | 段落 5 | 段落 6 | 段落 7 | 段落 8 |
|---|---|---|---|---|---|---|---|
| | | | | | | | |

| 第一幕 | 第二幕 A | 第二幕 B | 第三幕 |
|---|---|---|---|

对于电视剧试播集来说，你可以自主选择所需要的段落数量。比如，你可以决定五幕一小时剧的剧本每一幕只有一个段落。或者，你可以决定三幕半小时剧的第一幕有一个段落，第二幕有两个段落，第三幕有一个段落。这完全取决于你如何看待、感觉故事的节拍。一旦你确定了自己所需的节拍数，就要用各个段落的主要行动去填充它们。以下是操作方法。

## 三句话描述你的段落

确定节拍的不是数学，而是故事。为了更好地界定你的节拍，问自己：故事什么时候出现转折或推进？人物什么时候进入新的情感状态或做出新的选择？这就是你的新段落或"节拍"。别以一个场景为考量单位，而是以一组场景为考量单位。

现在，你已经对节拍的概念有所了解，我们将使用三个简单句描述它。每个句子将包括各个段落的目标、行动和难题。

简而言之：每10～15页讲一个小故事。

### ⏰ 10 分钟课程：目标、行动、难题

目标：主人公想要什么。

行动：他做了什么。

难题：他的拦路虎是什么。

人物目标滋养和激发剧本，引起新的动作。为了应对困境和出现的新障碍，人物的目标也在改变和发展。

主人公不只是单纯地渴望，而是投身某一行动并付诸实践来得偿所愿。

难题是横在主人公前行路上并危及他实现目标的重大障碍。

当人物为解决难题不得不建立新的目标，付诸新行动时，故事随之向前推进。

**课程结束**

以下是《绿野仙踪》第一幕被分成两段的案例，并以"目标、行动、难题"描述。

**《绿野仙踪》第一幕**

**段落 1**

目标：桃乐茜想要摆脱格尔奇小姐。

行动：桃乐茜带着小狗托托离家出走。

难题：算命人说艾姆婶婶非常思念她，所以桃乐茜赶着回家。

**段落 2**

目标：桃乐茜想要回到艾姆婶婶身边。

行动：遭遇龙卷风的桃乐茜被迫躲到屋里避难。

难题：这栋房子砸落在奥兹，压死了一个作恶的东方女巫，这让她的妹妹——邪恶的西方女巫，成了桃乐茜的死敌。

短短六个句子，桃乐茜登陆奥兹并且被迫进入段落 3——第二幕 A 的开始。看见没？很简单。

你可能在构思有两个主要人物的电影或有一组主演的剧本。通常，电视剧试播集同时关注一组主要人物。没问题，只要列出他们的目标和行动将他们整合到一个节拍中即可。

案例

**段落 1**

目标：他想要这。她想要那。

行动：他这样做。她那样做。

难题：一件突发的疯狂事情影响到他们！

将所有主要人物都放进一个节拍表的好处是你能够看到他们的故事线彼此关联的地方。他们就应该相互关联！如果他们最终都没有在行动或难题中产生交集，感觉上他们不是同一部电影或电视剧的有机部分。

现在轮到你了。因为你只有 10 分钟，我已将节拍表分成四个部分：第一幕、第二幕 A、第二幕 B 和第三幕，所以你可以每一次聚焦一个部分。如果这是电视剧剧本，你可以为每个部分填充一到两个节拍，并根据需求自主增加段落（有疑问时，那就只填写八个段落，看看有什么结果）。

**(10) 10 分钟练习：**

## 节拍表

第一幕技巧：我知道你觉得第一幕有太多东西要建置和铺陈。但先把其他人物缓一缓。现在专注于大局，并且持续推动主人公向前。

一定要重视段落 2，因为它包括幕间，以及将你卷入第二幕险境的关键事件。

**第一幕**

**段落 1**

目标：＿＿＿＿＿＿＿＿＿＿＿＿＿＿＿＿＿＿＿＿＿＿＿＿＿＿＿＿＿＿＿＿

行动：＿＿＿＿＿＿＿＿＿＿＿＿＿＿＿＿＿＿＿＿＿＿＿＿＿＿＿＿＿＿＿＿

难题：＿＿＿＿＿＿＿＿＿＿＿＿＿＿＿＿＿＿＿＿＿＿＿＿＿＿＿＿＿＿＿＿

**段落 2**

目标：＿＿＿＿＿＿＿＿＿＿＿＿＿＿＿＿＿＿＿＿＿＿＿＿＿＿＿＿＿＿＿＿

行动：＿＿＿＿＿＿＿＿＿＿＿＿＿＿＿＿＿＿＿＿＿＿＿＿＿＿＿＿＿＿＿＿

难题：＿＿＿＿＿＿＿＿＿＿＿＿＿＿＿＿＿＿＿＿＿＿＿＿＿＿＿＿＿＿＿＿

第二幕A技巧：通常，第二幕的第一部分是当主人公被扔进新的情境时，专为他准备的训练时间，次要人物可以搭把手。

在段落4中，你到达中间点。这是推动第二幕和避免乏味的机会。为它找一个故事反转的大麻烦——有助于观众重新振作精神的事件。反派将要发挥作用！

**第二幕A**

**段落3**

目标：_____

行动：_____

难题：_____

**段落4**

目标：_____

行动：_____

难题：_____

第二幕B技巧：这部分处理段落4中引发的新问题。所以，这倾向于变得更为刺激。随着反派愈加逼近，彼此的关系越来越紧张，危险骤升。

有时候，这一较量的结果就是段落6中的低谷。别害怕让主人公失败，这只会让他在第三幕中的重整旗鼓和获胜更有意思。

**第二幕B**

**段落5**

目标：_____

行动：_____

难题：_____

**段落6**

目标：_____

行动：_____

难题：_____

第三幕技巧：当主人公吸取教训并使用所学的技能实现自己的目标时，剧本也差不多完成了。回馈那些次要人物，提取第二幕信息，将第一幕的缺点转变成技能并解决难题！

**第三幕**

**段落7**

目标：_____

行动：_____

难题：_____

段落8

目标：＿＿＿＿＿＿＿＿＿＿＿＿＿＿＿＿＿＿＿＿＿＿＿＿＿＿＿＿＿＿＿＿

行动：＿＿＿＿＿＿＿＿＿＿＿＿＿＿＿＿＿＿＿＿＿＿＿＿＿＿＿＿＿＿＿＿

难题：＿＿＿＿＿＿＿＿＿＿＿＿＿＿＿＿＿＿＿＿＿＿＿＿＿＿＿＿＿＿＿＿

**恭喜你**

你已经勾勒出整部电影的节拍。再加点东西，这就是大蓝图！在修改简明节拍表以确定这就是你想写的电影后，准备迎接场景吧。

# 节拍表改写

恭喜！你已经从头到尾列出了故事的节拍。但现在有必要再花些时间修改和收紧节拍表，以便其真正符合你的故事意图。此举将迫使你的作品从一开始就更有原创性和更加具体，并且在漫长的创作期省掉很多"我现在该怎样写"的时间。

## 故事发展表的改写

我承认自己不太愿意告诉编剧在影片特定的部分必须写什么。但最近应我的一个学生的要求来明确每一个部分，我的确注意到了特定的节奏。虽然主要针对故事片，但以下的八拍分解也适用于试播集。

### ⏰ 10 分钟课程：八拍故事发展

虽然每一个节拍都在讲述自己的故事，但为了揭示大蓝图，前后总是有所关联。每一个节拍都倾向于"触发"下一个节拍。如此一来，故事被推着向前。以下是通用模式。

1. **人物缺点**触发**冲突**。
2. **冲突**触发**问题**。
3. **问题**触发**策略**。
4. **策略**触发**情感事件**。
5. **情感事件**触发**重要行动**。
6. **重要行动**触发**失策**。
7. **失策**触发**争斗**。
8. **争斗**触发**终极挑战**。

以《绿野仙踪》为例。

1. **人物缺点**触发**冲突**：桃乐茜对格尔奇的反抗导致格尔奇要抢走托托。
2. **冲突**触发**问题**：格尔奇要抢走托托的举动导致桃乐茜离家出走，遭遇龙卷风并被带到了奥兹。
3. **问题**触发**策略**：离开奥兹的需求促使桃乐茜在稻草人、铁皮人和胆小的狮子的帮助下寻找男巫。

　　4．**策略**触发**情感事件**：女巫在桃乐茜和朋友们到达翡翠城时当众威胁她，引发全城不安。

　　5．**情感事件**触发**重要行动**：出于对女巫的害怕，男巫坚持桃乐茜把女巫的扫帚带回来作为回报。

　　6．**重要行动**触发**失策**：偷扫帚的举动导致桃乐茜被女巫绑架。

　　7．**失策**触发**争斗**：桃乐茜被绑架迫使她逃跑并努力保护她的朋友，最终杀死了女巫。

　　8．**争斗**触发**终极挑战**：桃乐茜带回扫帚导致狡猾的男巫得想办法送她真正回到家。

**本课结束**

---

**⑩ 10 分钟练习：**

**故事发展表的改写**

　　如果我描述的模板与你的节拍表不完全匹配，别担心，重要的是节拍之间的流畅和动感。试一试吧，通过寻找一个事件引发下一个事件的方法，在节拍表上显现故事发展。如果你在节拍间看不到流动，通过调整目标、行动或难题来修正。

1. ＿＿＿＿＿＿＿＿＿＿＿触发＿＿＿＿＿＿＿＿＿＿＿
2. ＿＿＿＿＿＿＿＿＿＿＿触发＿＿＿＿＿＿＿＿＿＿＿
3. ＿＿＿＿＿＿＿＿＿＿＿触发＿＿＿＿＿＿＿＿＿＿＿
4. ＿＿＿＿＿＿＿＿＿＿＿触发＿＿＿＿＿＿＿＿＿＿＿
5. ＿＿＿＿＿＿＿＿＿＿＿触发＿＿＿＿＿＿＿＿＿＿＿
6. ＿＿＿＿＿＿＿＿＿＿＿触发＿＿＿＿＿＿＿＿＿＿＿
7. ＿＿＿＿＿＿＿＿＿＿＿触发＿＿＿＿＿＿＿＿＿＿＿
8. ＿＿＿＿＿＿＿＿＿＿＿触发＿＿＿＿＿＿＿＿＿＿＿

**恭喜你**

你在八个句子中巩固了故事发展并且避免使其读起来过于片段化或缺乏关联。

## 次要人物 / 反派改写

　　我建议你在创建节拍表时跟随主人公的旅程，以建立坚实的故事支架，但这并不意味着要将你的反派和次要人物置身事外。事实上，他们是激发主角的新目标，配合主角行动，以及制造难题的人。你也可能正在写同时跟随多位主要人物的电视剧。如果是这样的话，你可以采取跟随多个人物的策略，这样一来，就可以建立起必要的关联。

**⑩ 10 分钟练习：**

**次要人物 / 反派改写**

　　为了与其他人物建立联系，尝试以下方法。

1. 利用主人公对该人物的感觉来建立新目标。
2. 巧用次要人物的能力来建立更多有意思的行动。
3. 以意想不到的方式将反派与主人公或次要人物联系起来，使难题更有意思。

**恭喜你**

其他人物的介入使你的故事更加丰富。这一改写也会带出一个重要的故事层或次要情节。

## 难题改写

我常常惊讶于自己读到的谨小慎微的剧本如此之多。当我指出这一问题时，编剧常会解释"真实生活"就是那样的。但是好电影不是真实生活。它们不依赖"……是什么？"的问题，而是"如果……会怎样？"

当桃乐茜带着托托离家出走后，第一个段落的问题是桃乐茜发现艾姆婶婶生病了。但如果……

**段落 1**

目标：桃乐茜想摆脱格尔奇。

行动：桃乐茜带着小狗托托离家出走。

难题：格尔奇带着大刀追杀桃乐茜。（最坏）

　　　　或

　　　　桃乐茜变成动物权益运动的领袖。（最好）

通过制造极端情境来改变这一段落的难题，你为下一个节拍注入了不同的风险。

**（10）** **10 分钟练习：**

**难题改写**

走向极端。试问每一个段落，"可能发生的最好或最坏的事情是什么？"并且相应地替换情境。也可以留意影片的类型，去思考如果是恐怖片，可能发生的最吓人的事情是什么？如果是喜剧片，那么最搞笑的是什么？

**段落 1**

难题（最好）_____

难题（最坏）_____

难题（类型）_____

**段落 2**

难题（最好）_____

难题（最坏）_____

难题（类型）_____

**段落 3**

难题（最好）_____

难题（最坏）_____

难题（类型）_____

**段落 4**

难题（最好）_____

难题（最坏）_____

难题（类型）_____

**段落 5**

难题（最好）_____

难题（最坏）_____

难题（类型）_____

**段落 6**

难题（最好）_____

难题（最坏）_____

难题（类型）_____

**段落 7**

难题（最好）_____

难题（最坏）_____

难题（类型）_____

**段落 8**

难题（最好）_____

难题（最坏）_____

难题（类型）_____

## 中间点改写

你的节拍表是不是在第二部分开始失去动力？是不是各个段落相互重复？也许，电影或电视剧中段的"中间点"的重大事件需要重塑。

《绿野仙踪》中，当桃乐茜到达翡翠城并被告知她必须杀掉恶毒的西方女巫时，影片中间点的大麻烦出现了。如果我们改变中间点的大麻烦，其他一切也会随之改变。

如果不再是被男巫派去执行新任务，而是……

罪案片：桃乐茜发现男巫被绑架了，她不得不查找线索去营救他。

恐怖片：翡翠城被僵尸占领，桃乐茜和朋友们必须把它们全数摧毁。

爱情片：桃乐茜爱上了那个"幕后之人"。

改变中间点，改变电影。

**（10）**
10 分钟练习：

**中间点改写**

使用以下选项修改节拍表的中间点，看看是否有助于你的故事。

1. 让主人公参与风险更高的行动。
2. 让反派做出大动作。
3. 创建次要人物的情感介入。
4. 让最初看似不起眼的东西起作用。
5. 建立加快故事节奏的"最后通牒"或"倒计时"。

**恭喜你**

通过探索中间点的各种可能性，你可以省去大量修改工作。如此一来，整个故事很可能转至更有意思的新方向。

## 结构改写

节拍表是帮助你打造结构的最佳工具，因为它让你在一页纸上看见故事在什么地方减速、抄近路或重复。你选择的动词往往暗示着节奏。现在，使用节拍表收紧结构，这样可以省去之后的不少编辑工作。

**（10）**
10 分钟练习：

**结构改写**

尝试以下建议，看看结构改写是否有益于你的节拍表。

1. 删除段落 1 看看是有助于还是有损于剧本节奏。你会发现此举能有效减重并助你轻装上阵。

2. 压缩第 1～4 个段落至 2 个段落。你的故事节奏加快了吗？有些编剧在建置上花费太多时间，没有意识到电影或电视剧早在 20 分钟前就该开始了。

3. 在第 5、第 6 个段落增加更多的行动。删减对话，增加行动。以"他们讨论"或"他们计划"开头的句子是相应段落过慢的信号。

4. 改变段落 8 的目标。格外认真地查看这一段落。你是不是只写上"段落 8"作为收尾来加速第三幕？相反，要把它看作"最后的障碍"，并创建一个必须达成的身体上或情感上的目标。这会给你的结尾带来所需的分量。

**恭喜你**

你使用一页节拍表在正式写剧本前完成了故事和结构的重大改写，而不用对整个剧本进行改写。

## 非线性结构改写

你好，反结构的朋友们，还记得我承诺最终可以为自己的剧本建立非线性结构吗？以下正是良机。通过在节拍表上调试结构，你就有机会看清自己所选的路径上那些离题的结构风险如何上演。

**10**

**10 分钟练习：**

**非线性结构改写**

你可以使用节拍表来混合和匹配段落，而不用在剧本写成之后重新调整剧本结构。尝试以下选项，看看非线性叙事方法是否适用于你的剧本。

1. 反转你的段落：看看如果你从段落8至段落1倒叙会发生什么。

2. 将段落8的部分插入段落1：以段落8的"闪回"开场，设置段落1的目标。然后，故事可以继续发展到段落8。当再次看到开篇的事件时，我们将有全新的感受。这对电视剧尤其有帮助，因为它建立了一个可以明确类型的合理的引子。

3. 跳跃时间：混合和匹配段落来建立时间和地点上的非线性跳跃。（当你完工时再次检查，以确保故事依然在轨）

4. 每一个段落都更换主要人物：如果这是一部团体电影，你想在每一个段落都切换人物视点，那么尝试一下并看看故事读起来怎么样。

5. 创建人物（们）交汇的地方：你可以选择以多个不同方向的线条叙事，最终将核心人物（们）引到节拍表（幕间或段落分割点）上的关键地方，以便展现故事形式上或主题上的关联。

**恭喜你**

你测试了不同结构的可能性。有效的结构有助于你以更加吸引读者和观众的方式讲故事。

## 情感改写

至此，你已经在节拍表上花了足够的时间改写，厘清了故事的结构。但故事情感呢？这些故事对主要人物或其他人物意味着什么？记住，你还不是真的在讲故事，除非你传达出事件的情感影响。

**10**

**10 分钟练习：**

**情感改写**

写下主人公在每一个段落经历的关键情感。

段落1的情感＿＿＿＿＿＿＿＿＿＿＿＿＿＿＿＿＿＿＿＿＿＿＿＿＿＿＿＿＿＿＿＿

段落2的情感＿＿＿＿＿＿＿＿＿＿＿＿＿＿＿＿＿＿＿＿＿＿＿＿＿＿＿＿＿＿＿＿

段落3的情感＿＿＿＿＿＿＿＿＿＿＿＿＿＿＿＿＿＿＿＿＿＿＿＿＿＿＿＿＿＿＿＿

段落4的情感＿＿＿＿＿＿＿＿＿＿＿＿＿＿＿＿＿＿＿＿＿＿＿＿＿＿＿＿＿＿＿＿

段落5的情感＿＿＿＿＿＿＿＿＿＿＿＿＿＿＿＿＿＿＿＿＿＿＿＿＿＿＿＿＿＿＿＿

段落6的情感＿＿＿＿＿＿＿＿＿＿＿＿＿＿＿＿＿＿＿＿＿＿＿＿＿＿＿＿＿＿＿＿

段落7的情感＿＿＿＿＿＿＿＿＿＿＿＿＿＿＿＿＿＿＿＿＿＿＿＿＿＿＿＿＿＿＿＿

段落8的情感＿＿＿＿＿＿＿＿＿＿＿＿＿＿＿＿＿＿＿＿＿＿＿＿＿＿＿＿＿＿＿＿

写出由此产生的情感弧。

比如：从害怕到勇敢，从厌恶到爱。

情感弧：从＿＿＿＿＿＿＿＿＿＿＿＿＿＿＿＿＿到＿＿＿＿＿＿＿＿＿＿＿＿＿＿＿＿＿

如果这个情感弧没有满足人物发展的最初目标，检查创建情感的事件并修改。

注意：不要以宏观的情感弧考量电视剧。这需要主人公花上一整季走到那儿。但电视剧的主人公的确倾向于在试播集结尾投身于整剧的情境、世界或情感，所以寻找情感改变的细微时刻来促成这点。

**恭喜你**

在节拍表阶段，你已带主人公走上值得深入的情感旅程。

## 增加场景

我们一路反复修改节拍表，它已然是一个完整的大纲了。但为了确保我们得到易于遵循的蓝图并转化成剧本，我们还需为它增加事件——你的场景。

场景的创建是剧本筹划阶段很有趣的部分。这是你开始"看见"剧本以及为人物设计有趣的戏剧化方式、赋予节拍生命的阶段。

### ⏰ 10分钟课程：场景的定义

所有那些你脑海中的行动和人物时刻的小片段，帮助你将剧本切分成大块的幕，然后再分割成小片段，这些小片段就是你的场景。

一个场景倾向于发生在某个固定的时间和单个地点。这就是我们为什么在场景标题中这样写。

地点/时间/内（或外）

地点或时间改变时，新的场景开始。

场景可以描述一般事件、个人关系时刻或私人情感。一个场景可以有许多人也可以没有任何人。它们可以短至八分之一页，也可以长达数页。

一系列场景组成一个段落。

**课程结束**

## 场景列表

节拍表让你对每一段落的人物目标、行动和难题有一个总体感知，而能展现他们的需求、行动和难题的正是场景。大纲的下一个部分——场景列表，可以帮助扩充你的节拍表以使剧本的蓝图浮出水面。

**⑩ 10 分钟练习：**

**写场景列表**

当你创建自己的场景列表时，每个节拍花上 10 分钟。从你的节拍表构建场景列表，在段落的目标、行动和难题下方增加场景的概述。

不知道怎么写？你所需的只是以下这些核心组件。

场景标题

场景目标

核心行动

情感上或身体上的结果

案例

教室/内

莫妮卡想要早点溜走。她把纸条传给兰迪。没想到兰迪竟然把纸条交给了老师。

记住：别急于找到所有的场景，仅概述你的场景。更多的场景会在以后慢慢浮现。

在这儿，每个段落可以有八个场景。如果你现在想不出那么多，或是场景如泉涌般冒出来，但写无妨。

准备好了吗？以上每一段都将指导你完成这一挑战。你也可以忽略它并在 10 分钟内尽可能快地写出你脑海中涌现的所有场景。

段落 1 场景技巧：开始写那些你一直想写的更为细致的人物时刻。两个展现主人公第一幕目标的场景是什么？他在家，在学校，还是在工作场合？显现他生活处境不佳的场景是什么？有没有任何暗示潜在的爱恋场景？场景如何展现与潜在的反派酝酿中的冲突？

**第一幕　段落 #1**

目标：_____

行动：_____

难题：_____

场景_____

场景_____

场景_____

场景_____

场景_____

场景_____

场景_____

场景_____

段落2场景技巧：在第2个段落你可以停止设置缺点，转而聚焦于让主人公陷入难题的行动。展现一个场景，其中所发生的事情触发难题。是有人挑战主人公吗？是主人公去了不该去的地方或是做了有问题的事情？出现的难题是一个小失误，还是大灾难？确保难题在此出现，写到纸上。在段落的结尾，创建一个表明出路的场景——主人公追求的新的目标甚至是实现目标的策略。

### 第一幕　段落#2

目标：_____

行动：_____

难题：_____

场景_____

场景_____

场景_____

场景_____

场景_____

场景_____

场景_____

场景_____

场景_____

段落3场景技巧：思考一个暗示主人公的新目标的场景，通过展现主人公制订计划以及付诸实践来实现。主人公是否了解新的环境？他有没有进行某种训练、组建团队、调查和追踪？计划奏效或失败的场景是什么？

此时，次要人物通过提出一个重要问题，或施展有用的技能，考验主人公的情感或推动他进入新的行动，以此体现出他的价值。同时，建议在这个时候加入一场处理反派势力的关键性场景，好让观众担心或好奇接下来会发生什么。

### 第二幕A　段落#3

目标：_____

行动：_____

难题：_____

场景_____

场景_____

场景_____

场景_____

场景_____

场景_____

场景_____

场景_____

段落4场景技巧：主人公迷失于当下的处境，以至于忘记了最初的目标。别担心，让他受人蛊惑，深陷阴谋或发现揭示前路更大难题的线索。在这一段落的结尾，"难题"就是主人公没有回头路的事实。他深深陷入故事之中……我们也一样。

**第二幕A　段落#4**

目标：_____

行动：_____

难题：_____

场景_____

场景_____

场景_____

场景_____

场景_____

场景_____

场景_____

场景_____

段落5场景技巧：无须更多设定，你已经挑选出所有需要的积木。现在，开始玩吧！让主人公在场景中施展新技能，让他冒险。让我们看一场前所未见的打斗或追逐。恐怖片？那就吓我们一跳！爱情片？让我们看看吻戏！次要人物自己的故事也将深化。我们看见的那些戏背后发生了什么？别忘了那些让人紧张的难题。反派越来越近，斗争变得艰难，或给主人公设个圈套。

**第二幕B　段落#5**

目标：_____

行动：_____

难题：_____

场景_____

场景_____

场景_____

场景_____

场景_____

场景_____

场景_____

场景_____

段落 6 场景技巧：因为段落 5 这段旅程眼看要陷入失败或即将发生冲突，所以这可以是一个非常情绪化的段落。主人公下的赌注越大，他就越接近栽跟头。创建一些展现主人公的缺点或重新自我怀疑的场景。这一时刻越是低迷，当主人公在结尾处获胜或实现承诺时，我们感受到的胜利喜悦就越强烈。

**第二幕 B　段落 #6**

目标：_____

行动：_____

难题：_____

场景_____

场景_____

场景_____

场景_____

场景_____

场景_____

场景_____

场景_____

段落 7 场景技巧：此时发生的一些事帮助主人公重新集中起精神并解决问题。思考那些看似无足轻重的台词、事件或行动的包袱以意想不到的方式抖落出来的场景。试着创建促使主人公随后采取正确行动的"顿悟"时刻。为第三幕写一个让我们了解主人公的策略的场景。构想次要人物也在此刻做抉择的场景。在段落结尾，创建反派只剩最后一招的场景。

**第三幕　段落 #7**

目标：_____

行动：_____

难题：_____

场景_____

场景_____

场景_____

场景_____

场景_____

场景_____

场景_____
场景_____

　　段落8场景技巧：最后的决战发生在这个段落，所以考虑抖出次要人物的包袱并让他们助主人公一臂之力。创建主人公所学的技能或知识（沿路获得的东西）发力的场景，帮助他在身体上或情感上战胜反派。主人公最初的缺点也可以变成助他一臂之力的技能。最后一个场景展现事件如何影响主人公和其他人，这将有助于构建影片的结局。或者，以额外的简短场景结束段落，让观众期待续集。

**第三幕　段落#8**
目标：_____
行动：_____
难题：_____
场景_____
场景_____
场景_____
场景_____
场景_____
场景_____
场景_____
场景_____

**恭喜你**
　　你逐场勾勒出自己的电影或电视剧的大纲，但你并没有为此写读起来像是短篇小说的20页的文本。

# 场景头脑风暴

　　看着自己的大纲，觉得缺了点东西。你觉得故事不止这些，但不确定少了什么。为了充实你的场景列表，尝试以下选项来找到更多的场景或替换现有的场景。

## 人物缺点与场景行动

　　好的场景源自精彩的人物行动。为了找到这一行动，就要回到最初让人物有意思的事物——缺点。
　　即使在最基础的设定中，仅是有缺点的人物想做自己就可以把喜剧性和戏剧性注入某一时刻。

假设人物在超市。想一想他会进行的常规操作。

1. 找一辆推车。

2. 挑一些东西。

3. 买单。

是不是感到很无聊？尝试做一些改变。

争强好胜的人可能与一个倒霉的顾客展开一场争夺最好购物车的比赛。

有强迫症的人可能对整个超市的水果和蔬菜又摸又闻。

自私的人肆无忌惮地插队或是把多出来的商品藏起来以便走"少于十件商品"的快速通道。

在单机位半小时剧《硅谷》中，孤芳自赏的埃尔里奇相信自己始终掌控全局。当他与团队真正的天才而且一点都不自负的理查德见面时，一切显得极为滑稽。现实生活中，通常没有人认为商业会议有"喜剧性"，但在这部剧中，缺点和那些缺点带来的策略触发的冲突充满喜剧性。

同样，英剧《神探夏洛克》（Sherlock）中的主人公是一个傲慢和缺乏同情心的人，他破案能力一流，但爱插嘴，不停地搜集证据，丢给客户不友好的感觉和不安的真相。招其他人物厌烦，但吸引观众。

接下来的练习有助于你仅凭借人物缺点就把行动植入场景之中。

**⑩ 10 分钟练习：**

**人物缺点创建场景行动**

回答以下问题以构建一个场景。

1. 这个场景发生在哪？

2. 人物都有谁？

3. 他们的缺点是什么？

4. 罗列每一个人物在以上设定中通常会进行的常规操作？

5. 通过将他们的缺点应用到这些行动来增加难题。

6. 出现什么喜剧性或戏剧性时刻？

7. 这个场景如何推动故事发展？

**恭喜你**

你不仅创建了喜剧性的行动，还构建起整个场景。如果你能够回答上述所有问题，你就找到了绑定场景与情节的方法，以此推动故事向前发展。

## 外在障碍与场景行动

就像内在障碍——人物缺点——建立场景行动，外在障碍也是如此。常言道："人生不如意事十之八九。"让你的人物碰壁，那么你在每一转角都会遇见场景。

重申，让我们从寻常开始。如果一个女人想要找到工作，其常规操作如下。

1.　做准备工作。

2.　乘坐地铁。

3.　走进大楼。

通过在她前行路上设置障碍使她寸步难行，你的电影就有了。增加不同类型的障碍，你就有了一部大电影！

以下是应用了外在障碍的求职之路。

1.　做准备工作。

a.　障碍：公寓被淹、闹钟失灵、衣服和头发都被淋湿。

b.　惊悚类型：衣柜里有具尸体。

2.　乘坐地铁。

a.　障碍：断电，地铁停运。

b.　恐怖类型：地铁车厢里的乘客变身吸血鬼。

3.　走进大楼。

a.　障碍：被拦在门口，安保不相信她自述的身份。

b.　动作类型：楼里的所有人都被劫持，全指望她——业余的攀岩高手——爬进大楼并解救他们。

⑩　**10 分钟练习：**

**为你的人物建立外在障碍**

通过在人物前行路上设置障碍找到好场景。

1.　为这一场景建立人物目标。

人物目标：＿＿＿＿＿＿＿＿＿＿＿＿＿＿＿＿＿＿＿＿＿＿＿

2.　为实现这一目标建立常规步骤。

步骤#1：＿＿＿＿＿＿＿＿＿＿＿＿＿＿＿＿＿＿＿＿＿＿＿

步骤#2：＿＿＿＿＿＿＿＿＿＿＿＿＿＿＿＿＿＿＿＿＿＿＿

步骤#3：＿＿＿＿＿＿＿＿＿＿＿＿＿＿＿＿＿＿＿＿＿＿＿

3.　为每一个步骤增加障碍。别怕搞出大事情！

步骤#1的障碍：＿＿＿＿＿＿＿＿＿＿＿＿＿＿＿＿＿＿＿

步骤#2的障碍：＿＿＿＿＿＿＿＿＿＿＿＿＿＿＿＿＿＿＿

步骤#3的障碍：＿＿＿＿＿＿＿＿＿＿＿＿＿＿＿＿＿＿＿

4.　为了找到更多潜在的故事或场景，尝试解除所有障碍带来的问题。了解人物的缺点，搞清楚他沿途学到的技能，他会做什么？

步骤#1的障碍解决策略：＿＿＿＿＿＿＿＿＿＿＿＿＿＿＿

步骤#2的障碍解决策略：＿＿＿＿＿＿＿＿＿＿＿＿＿＿＿

步骤#3 的障碍解决策略：_____

**恭喜你**

通过把日常复杂化，你创建了精彩的场景行动。如此一来，你先在场景中加入现实，然后再反转，让人感受到它的故事价值。

# 通过伏笔和回馈结果构建场景

回馈结果不仅让你找到新的场景，也让观众高兴。为什么？因为他们追踪你抛出的所有信息。他们关注你聚焦的物件、交代的行为以及台词。重提这些细节，抖出包袱，你将回馈那些专注的观众。或者，更好的是，巧妙地回馈那些观众本以为压根不重要的信息，让他们惊讶不已。

回馈可为你的剧本带来很多好处，其中最为明显的好处之一就是帮你找到第三幕。

想一想你最喜欢的电影并问自己："前半部分埋下的什么伏笔在后半部分回馈出来？哪些看似无意义的信息在故事结尾产生巨大影响？"

思考《贫民窟的百万富翁》（*Slumdog Millionaire*）中三个火枪手的问题或是《朗读者》（*The Reader*）中大声朗读这种简单行为的一遍又一遍回馈。我们惊讶于《公民凯恩》（*Citizen Kane*）中玫瑰花蕾的揭示时刻，我们也感受到《孩子们都很好》（*The Kids Are Alright*）中一缕红色头发揭示出轨时的痛楚。

震撼的电视剧结尾可以回应几季前的包袱。在《绝命毒师》最后一季中，杰西发现自己被偷了一包大麻，他意识到自己的一盒含有蓖麻毒素的香烟也被沃尔特的人偷了……

## 物件回馈

电影允许编剧借助特写指明细枝末节，而这些细节正是揭开神秘面纱或揭示我们没有看到的真相的东西。还记得《第六感》中掉落的戒指吗？或者，想一想《银河护卫队》（*Guardians of the Galaxy*）中音乐合集磁带是如何揭示人物的。

有时候，影片中看似平常的物件也在讲述着它们自己的故事。《在云端》（*Up in the Air*）中，主人公瑞恩·宾汉随身带着一个小巧、高效的登机箱，象征着他可以随时出发以及拒绝被任何事或任何人牵绊。登机箱这一伏笔贯穿全片。我们在第一幕看到主人公独自在机场拉着这个登机箱。在第二幕 A，他强迫一个女同事卖掉她的大行李箱去买一个随身旅行箱。在第二幕 B，我们看到他有佳人相伴，两人并排拉着登机箱。

在这部影片中，商务会员卡也在回馈结果。瑞恩收集会员卡，通过比较会员卡结识爱恋对象，并在故事结尾被赠予一张珍贵的会员卡，象征着他的旅程如此之多……但他的生活却如此贫乏。

独自旅行的他还带着另一样东西：他妹妹和她的未婚夫的合影剪板。这象征着他拼命想要远离的个人关系。这个故事从他与合影剪板的关系就可以看到：他很不情愿地将它扔进行李箱。他让自己的同事拿着它。在一个情绪的低点，合影剪板导致他落水。当在妹妹婚礼的公告牌上看到所有照片时，他顿悟了。这是他们的旅行的"心愿单"。他们想要体验他的生活。

⑩ **10 分钟练习：**

**通过物件回馈构建场景**

1. 列出在剧本前半部分埋下的所有伏笔。这可以是你知道的或为故事设想的任何东西。

2. 用这个列表"匹配"第二部分的回馈。

《在云端》中的物件回馈看起来如下：

**第一幕**

瑞恩的登机箱显现他骄傲的自我。

瑞恩借着比较会员卡追求爱恋对象。

瑞恩被迫带着他妹妹与她的未婚夫的大幅合影剪板出差。合影剪板很大，以至于很难被装进登机箱。

**第二幕A**

瑞恩强迫同事购买他那样的登机箱。

瑞恩和爱恋对象想进入酒店房间时，太多的卡让他一时找不到门卡。

当瑞恩坚持在各大机场与妹妹的照片剪板合影时，他的商业搭档质疑他的人生理念。

**第二幕B**

瑞恩与爱恋对象黏在一起，他们的情侣登机箱并排出现在机场。

在一个情感状态下，瑞恩在拿着剪板拍照与坠入爱河之间失去平衡。

**第三幕**

瑞恩最终拿到了他梦寐以求的会员卡，但现在它没有意义了。

当瑞恩看到妹妹的剪板与她想去的地方的合影贴满公告牌，他对妹妹有了新的认识。于是，他用会员卡给妹妹买了环球旅行套票。

现在该你了。

开端

中段（第一部分）

中段（第二部分）

结尾

**恭喜你**

在故事片中，通过日常物件的回馈可以找到新的戏份并推动故事发展。在电视剧中，比如罪案或医疗程式剧中，你可以揭示被忽略的物件如何成为定罪证据。

## 事件回馈

人物在之前做的事情能够揭示人物特点或为当下增加气息。但当这件小事随后以意想不到的方式再现时，会有更大的收获。

《飞越疯人院》第二幕 A 中，主人公兰德尔·麦克墨菲极力劝说病友们用很重的水槽砸窗逃跑。病友们都不愿意尝试，就连次要人物酋长布兰德，也一声不吭地袖手旁观。

在第三幕，尼科尔森饰演的兰德尔已被实施了脑叶切除手术。酋长想帮他，但为时已晚。但酋长想起了他的话，决定不再犯同样的错误，他徒手从基座上搬起水槽，猛砸向窗户，逃向自由。

先前看到水槽场景，我们觉得这只是揭示人物的一件小事。兰德尔表现出逃跑的意愿，但其他人不愿意尝试。到了第三幕，我们几乎已经忘了它……这正是为什么这一刻的反转如此之好。我们意识到要是酋长一开始就听兰德尔的话，用水槽砸窗逃跑，就可避免悲剧发生。

**(10)** **10 分钟练习：**

**通过事件回馈构建场景**

1. 列出在剧本前半部分设置的大大小小的事件。
2. 用列表"匹配"第二部分的回馈。

《飞越疯人院》中的事件回馈看起来如下。

**第二幕 A**

兰德尔通过激发同院病人用水槽砸窗来试探他们。兰德尔的尝试失败了。没有人来帮忙。

**第三幕**

在兰德尔被实施脑叶切除手术后，酋长的愤怒和悲伤促使他用水槽砸破窗户并逃出精神病院。

现在该你了。

开端

中段（第一部分）

中段（第二部分）

结尾

## 台词回馈

"你觉得幸运吗？"

"你成全了我。"

"我们肩负着上帝的使命。"

我们记得电影中的特定台词，不只是因为它们有配乐陪衬，还因为这些台词在每一场戏中被说出来时都有新的意义。这些台词不是一成不变的，而是千变万化的！

在《蝙蝠侠：黑暗骑士》（The Dark Knight）中，小丑拿刀抵着受害者问："想知道我的这些疤痕是怎么来的吗？"这是一个反问，每次他抛出这个问题后给出一部分答案。他先说自己是为保护母亲而遭受父亲的虐待，割出一道疤痕。之后，又说他为了安慰破相的妻子把剃刀塞进嘴里自残，割出另一道疤痕。在故事结尾处，我们知道他会对不同的人说不同的故事。我们也感觉到其中某个故事，或全部，都是真的。在这个例子中，每一次反问的回馈是帮助我们更多地了解大反派。这个回馈也是一个危险信号。只要小丑开始问这个问题，我们就知道有人要遭殃了。

在《玩具总动员》中，巴斯光年的标志性台词是"飞向太空，超越无限"。他说着这句话，在房间里"飞来飞去"，并赢得玩具们的一片称赞，但遭到了伍迪的鄙视。"这算不上飞行。""这最多算摔得还不错！"

在影片结尾处，当伍迪和巴斯光年为了回到主人安迪身边猛冲向空中时，伍迪承认他们在飞，巴斯光年回答道："这算不上飞行。""这最多算摔得还不错！"对此，伍迪回应道（你应该猜得到）："飞向太空，超越无限！"

在这个例子中，一句简单的台词回馈，期间两个人物交换台词是展现他们关系弧的关键。交换台词意味着他们彼此理解，友谊得以建立，续集也就有了。

**(10)** **10 分钟练习：**

**通过台词回馈构建场景**

1. 列出人物在前半部分说的一句台词或一些台词。
2. 在后半部分，通过在新的情景中再现这一台词实现回馈。留意台词的意思如何改变。

《玩具总动员》的台词回馈看起来如下。

**第一幕**

巴斯光年展示飞行技巧，自鸣得意地说："飞向太空，超越无限！"伍迪呛声："这算不上飞行。""这最多算摔得还不错！"

**第二幕B**

巴斯光年在广告里听到"飞向太空，超越无限"，揭示它只是一个玩具。在同一场戏中，他喊着口号测试自己的飞行能力，却一头栽到地上。

**第三幕**

巴斯光年和伍迪为了拯救它们的朋友并回到安迪身边，在背上绑了一枚火箭。当伍迪承认他们在"飞行"时，巴斯光年提醒道它们只能算摔得不错。伍迪欢呼道："飞向太空，超越无限！"

现在该你了。

开端

中段（第一部分）

中段（第二部分）

结尾

**恭喜你**

通过物件、事件和台词的回馈，你充实了场景列表。原来一闪而过的东西变成一个真正的故事。

**10**

**10 分钟练习：**

**添加场景列表并完成大纲！**

你已经在伏笔/回馈表格中找到了新场景。现在检查你的场景列表并将这些场景添加到适当的段落。

**你已完成**

你充实了自己的场景列表并把它们添加到详细的节拍表中。你的大纲完成了！

### ■ 10 分钟小结：大纲

1. 将幕**拆分**，显现故事节拍的八个段落。

2. 用三句话描述每一个故事节拍，聚焦每个节拍的**目标**、**行动**和**难题**。

3. 改写你的节拍表，专注于**次要人物**、**情感**、**难题**、**中间点**和**结构**。

4. 为每一个节拍增加**概述**的场景，以此创建**场景列表**。

5. 通过使用**缺点**和**障碍**以及先前建立的**物件**、**事件**和**台词**的**回馈**找到**更多场景**。

6. 为节拍表增加新的场景来完成**大纲**。

# 第四章

# 人物

恭喜。当你将节拍表扩充到场景列表，你就创建了大纲，你得到了创建剧本的蓝图。但是，在你开始以剧本格式写作前，花一些时间关注人物。这样做有助于你在写作时创建更多的场景并"引导"你的人物，这样你就知道他们在每一个场景中会做什么（或说什么）。

本章，你将了解自己笔下的人物并找到展现他们个性的巧妙方法。这样做有助于你避开制片人那令人恐惧的批注："你的人物需要进一步开发！"

## 人物缺点与技能的平衡

人物不仅有缺点——这一缺点同时也有服务于技能的积极一面。标志性人物詹姆斯·邦德虽然是一名杀手，但他将能力用于摧毁邪恶势力，激励我们投身到一次又一次的冒险之中。

电视剧钟爱有缺点的人物，但也确保他们各有所长。唐·德雷柏是一位广告天才，即使他会乘机与客户妻子偷情。杰姬是一位非常棒的护士，即使她在治疗病人时因嗑药而极度亢奋。事实上，正是技能与缺点的平衡策略吸引我们将注意力持续投入自己喜爱的电视剧。

美剧《生活大爆炸》的几个男主角都有缺点，但都是科学达人。但莱纳德这个人物被选作整剧的锚定人物。为什么？因为他的缺点（超级书呆子）虽然与朋友们没有什么大不同，但他的能力——共情——独此一份。所以，我们有了一位名副其实的书呆子，但他也有与人交往的能力。

**(10)**

**10 分钟练习：**

**建立缺点与能力的平衡**

关于人物，问自己以下问题。

主人公最明显的缺点是什么？

他最突出的能力是什么？

他在什么情况下最容易显现缺点？

他在什么事件中最有可能依靠技能？

将他的缺点与能力对立起来的事件是什么？

将缺点与能力结合起来去解决问题的事件是什么？

**恭喜你**

你正开始赋予主人公生命并全方位展现他的特质。你也正以事件的形式预见前路的幕间，这可能将缺点与能力引向配合或冲突。

# 人物图谱

当主人公被周遭一边倒的人包围时，目睹他试图维持自身缺点与能力的平衡就更有意思了。

喜剧演员劳拉·豪斯（Laura House）在 On the Page® 的课程班学习时，已经是一名成功的电视编剧了。我喜欢她为保持这种动态平衡构建人物图谱的独特技巧。

例如：《生活大爆炸》中的莱纳德具有共情能力，但他是一个书呆子。将他拉向两个截然不同的方向的是谢尔顿——他那个根本不理解人类感情的超级书呆子室友，以及佩妮——对门那位不懂科学但极度感性的美女。所以，核心人物的图谱看起来如下。

佩妮　　　　　　莱纳德　　　　　　谢尔顿

在关于友情和粉丝这一集中，我们看到谢尔顿极力把莱纳德拉进他的思维方式，而在关于爱和情感的剧集中则展现出佩妮正把莱纳德拽向她一边。至少在第一季中，这种拉锯战使得整部剧特别有趣。

**(10)** **10 分钟练习：**

**创建人物图谱**

关于人物，问自己以下问题。

次要人物或主演阵容相对主人公最明显的缺点的另一个极端是什么？

次要人物或主演阵容相对主人公最突出的能力的另一个极端是什么？

主人公遇到什么事件会与那些人物产生冲突？

主人公遇到什么事件会与那些人物合作？

**恭喜你**

相比主人公最为极端的性格，他现在看起来反而像是个正常人。你还为电影的故事节拍或剧集创建了冲突产生的可能性。

## 人物小传

编剧通常在开始写剧本前被敦促先写出人物小传——关于人物的童年、家庭、个人问题等。我的经验是这只会让编剧陷入人物背景故事的泥沼以及产生随后的直接呈示（Exposition）的问题。

最好在故事中通过细节交代与特写镜头揭示人物。毕竟，电影为我们提供了这种便利。如此一来，我们可以注意到人物的细节并以亲近的方式了解他们。

将接下来的 10 分钟练习看作传统人物小传的一个更新版。通过回答以下问题，你会更好地了解自己笔下的人物。借助这些答案的回馈，你将找到新的场景。

**(10) 10 分钟练习：**

**通过伏笔和回馈创建人物小传**

关于人物，问自己以下问题。

他总是穿什么衣服？

这个伏笔之后如何回馈？

他总是随身携带的东西是什么？

这个伏笔之后如何回馈？

他的个人习惯是什么？

这个伏笔之后如何回馈？

他尽力保护的秘密是什么？

这个伏笔之后如何回馈？

他最喜欢的藏身之处是什么地方？

这个伏笔之后如何回馈？

他一直说的玩笑、感叹的话或口头禅是什么？

这个伏笔之后如何回馈？

对他来说，最重要的东西是什么或最重要的人是谁？

这个伏笔之后如何回馈？

**恭喜你**

你创建了一份简单的人物小传。随着你进一步了解他们，通过回答这些细节之后如何回馈，为这份列表自由地增加更多的人物细节。如此一来，你就会在原以为只是简单的人设这一小事上找到故事和潜在的人物弧。

## 人物出场

编剧们往往没有利用好人物的初次亮相。他们忘记了第一印象的重要性以及观众会从看见人物的第一眼起审视他/她。出于这一原因，我们应将人物以积极的方式引入剧本。简而言之：让他做一些足够抓住吸引注意力的事情。

在《鸟人》（*Birdman*）中，我们看到悬浮在空中的主人公，就像他的另一自我"鸟人"一样。

在《宿醉》（*The Hangover*）中，我们最初看到的是一帮人在拉斯维加斯的酒店房间的醉态，同时一只老虎在浴室徘徊。

在《穿普拉达的女王》（*The Devil Wears Prada*）中，米兰达·普利斯特利阔步走来，把外套和包扔到助理的桌上，并且一下子让办公室忙碌起来。

注意所有这些有力的出场都讲述一个直接的故事。这样一来，我们省去了第一幕建置和呈示的所有场景。

在一小时剧中，强烈的第一印象和开场引子的结合足以卖出试播集。

在《实习医生格蕾》（*Grey's Anatomy*）中，格蕾在陌生人的床上醒来。

在《越狱》中，迈克·斯科菲尔德抢银行只是为了被关进他哥哥服刑的监狱。

在《绝命毒师》的引子中，主人公沃尔特·怀特慌乱地驾驶着一辆房车，仅戴着防毒面具并身穿一条白色内裤。

人物的声音也以他口中说出的第一句台词得以建立。所以忘记闲谈吧，想想引人注意的开场白。

在《美丽心灵》中，主人公的第一句台词显现了他的执念、社交障碍和古怪。约翰·纳什对同事说："你知道，数学可以解释你的领带有多糟糕。"

在《穿普拉达的女王》中，米兰达·普利斯特利问："我不明白确认一个预约到底有多难？"接着说："我对你的无能细节不感兴趣。"声音盖过助理的借口和道歉。

现在，为你的主人公找到那有力的"出场"。

**10 分钟练习：**

**(10)**

### 人物出场

为主人公和其他人物建立令人印象深刻的出场以及开场白。

主人公的第一个行动：_____

主人公的第一句台词：_____

次要人物的第一个行动：_____

次要人物的第一句台词：_____

反派人物的第一个行动：_____

反派人物的第一句台词：_____

**恭喜你**

通过第一幕建置的瘦身计划并采用有力的揭示时刻，你已经完成了一些修改工作。

# 人物原则

　　你知道自己笔下的人物想得到什么，也了解他们的一些想法。但你如何知道让他们在一个接一个场景中做什么呢？

　　为了了解你的人物们并且为他们找到有意思的事情去做，你需要搞清楚他们的原则——他们习惯做的事情——或在某些情况下，从不做的事情。钢铁侠爱开玩笑，瓦力清运垃圾，在充满谎言和密谋的一整天后，弗兰克·安德伍德和他的妻子克莱儿在窗前共享一支烟。

　　你有原则。

　　我们都有原则。

　　回想一下最近一次的家庭晚餐。你希望母亲不说某些特定的评论，父亲不做特定的事情，哥哥不以特定的方式让你难堪，或是爷爷奶奶不重复讲特定的故事吗？

　　《阳光小美女》（*Little Miss Sunshine*）第一幕的晚餐场景有大量的人物原则。

　　**母亲的原则**：不管怎么样，表现得像一个妈妈。**所以**她提醒大家"吃他们的沙拉"，即使她买了炸鸡和汽水。

　　**父亲的原则**：把他的个人自助计划——"九大步骤"，应用到所有事情。**所以**他即使得知自己的小舅子自杀未遂，还是提及"成功者"和"失败者"。

　　**爷爷的原则**：总是实话实说，无论多么伤人。**所以**他在小孙女面前就毫不掩饰地抱怨和骂人。

　　**儿子的原则**：在他成为试飞员之前不开口说话。**所以**他在便签本上写挖苦的话。

　　**女儿的原则**：十万个为什么。**所以**她一开始天真地问叔叔为什么要自杀，让所有人都不自在。

　　**叔叔的原则**：自我。**所以**他讲述自己故事的所有细节。

　　这场戏呈现出每一个人的原则——他们的习惯、个人考量、喜好与厌恶、怪癖以及沟通方式——让我们迅速认识他们，也了解一些他们是如何聚到一起的必需信息。这场戏传达了很多信息，但是人物原则避免了直接呈示，真的精彩。

　　你的剧本像是一场大家庭晚宴，在座的所有人都把他们的习惯和怪癖——他们的原则——摊上桌面。

**（10）**　**10 分钟练习：**

**创建一个人物原则**

为剧本中的所有人物写下他们的原则。

**主人公**＿＿＿＿＿＿＿＿＿＿＿＿＿＿＿＿＿＿＿＿＿＿＿＿＿＿＿＿＿＿＿＿＿＿

**爱恋对象**＿＿＿＿＿＿＿＿＿＿＿＿＿＿＿＿＿＿＿＿＿＿＿＿＿＿＿＿＿＿＿＿

**朋友**＿＿＿＿＿＿＿＿＿＿＿＿＿＿＿＿＿＿＿＿＿＿＿＿＿＿＿＿＿＿＿＿＿＿

**亲戚**＿＿＿＿＿＿＿＿＿＿＿＿＿＿＿＿＿＿＿＿＿＿＿＿＿＿＿＿＿＿＿＿＿＿

**同事**＿＿＿＿＿＿＿＿＿＿＿＿＿＿＿＿＿＿＿＿＿＿＿＿＿＿＿＿＿＿＿＿＿＿

反派人物＿＿＿＿＿＿＿＿＿＿＿＿＿＿＿＿＿＿＿＿＿＿＿＿＿＿＿＿＿＿＿＿＿＿＿

其他人物＿＿＿＿＿＿＿＿＿＿＿＿＿＿＿＿＿＿＿＿＿＿＿＿＿＿＿＿＿＿＿＿＿＿＿

其他人物＿＿＿＿＿＿＿＿＿＿＿＿＿＿＿＿＿＿＿＿＿＿＿＿＿＿＿＿＿＿＿＿＿＿＿

其他人物＿＿＿＿＿＿＿＿＿＿＿＿＿＿＿＿＿＿＿＿＿＿＿＿＿＿＿＿＿＿＿＿＿＿＿

**恭喜你**

你再也不用问自己"人物在这个场景中会做什么？"

## 三维人物

当然，我们希望自己的人物全面和多维。但我们如何在不使用关于他们一切所思所感的长篇内心独白的前提下，展现出他们的所有方面？

回想一下我们在银幕上看到的场景，它们通常是社会或工作场所中的公众场合、聚焦一对一关系的个人场景，或是当主人公认为四周无人的独处场景。

所以，即使你只为人物设定三个原则——他们在公众场合、个人和独处时刻总做的事情——你将手握他们贯穿整个剧本的行动指南。而且当你提出那些原则时，你会看到他们截然不同。底线是，你需要找到人物的三个维度。

**（10）** **10 分钟练习：**

**创建三维人物原则**

为人物建立三个原则。

1. **公众生活**：人物在工作或社会中总会做什么？
2. **个人生活**：人物在一对一关系中总会做什么？
3. **独处时的生活**：当主人公认为四下无人时总会做什么？

花 10 分钟为人物找到尽可能多的原则。

**恭喜你**

通过创建人物行为的三大原则，你向观众展现出人物的不同侧面，让大家全面了解他们。

## 人物原则和喜剧性

了解人物的原则，然后目睹他们如何把这些原则应用到某一情境，是任何电影或电视剧的趣味所在。

《尽善尽美》（*As good As It Gets*）中的喜剧性几乎全部有赖于梅尔文那不招人喜欢的强迫症。他拒绝踩到人行道的裂缝，自带塑料餐具到餐馆，将小狗扔进垃圾通道。他的口头原则也很碍事。习惯实话实说，让人很难喜欢上他。

在《四十岁的老处男》（*The 40-Year-Old Virgin*）中，安迪的处男尴尬原则推动影片发展，但次要人物的原则使得故事更加搞笑。安迪的同事，杰，一副玩世不恭的样子；安迪的朋友，大卫，谈及情感总是陷入与前女友分手的悲伤；崔西，安迪喜欢的女人，愿意做任何能让他行动起来的事情。

我们追一部电视剧往往只是为了目睹人物如何应用或是被迫打破他们的原则。经典的情景喜剧《宋飞正传》（Seinfeld）没有主题和主线，核心是剧中人物的怪癖和原则。杰瑞有微生物恐惧症，克雷默是发明家，乔治吝啬，伊莱恩自私。

将这些人扔进停车场，他们都绕出不来。如果是在餐馆，他们都找不到一张桌子。你拥有了半小时的开怀大笑和一堆艾美奖。

在《行尸走肉》第一季中，人物原则实际上给极端的时刻带去了秩序。无论是被僵尸追杀，还是遭到其他派别威胁，都会由里克·格兰姆斯领导、肖恩执行、格伦推理，卡罗尔则使这一时刻个人化。

事实上，我们每周追剧只是为了看这些原则被应用到新的情境。《生活大爆炸》中的谢尔顿是原则主导的绝佳例子。他不断提及与莱纳德的"室友协议"。每次喊邻居佩妮时，他总是以特定的节奏敲三次门。他的英雄是斯波克先生，在整剧绝大多数时间中对男女情感毫无兴趣。他的原则是如此具体，我们变得特别喜欢这些原则，以至于有时候他还没行动，我们就忍不住笑了起来，而这仅仅出于对他的行为的预期。

**（10）** **10 分钟练习：**

**人物原则制造喜剧性**

在剧本中创建情境并将人物原则应用其中，以此打造喜剧或戏剧时刻。

在公众场合，他总是＿＿＿＿＿＿＿＿＿＿＿＿＿＿＿＿＿＿＿＿＿＿＿＿。
原则

之后，这一原则被应用到＿＿＿＿＿＿＿＿＿＿＿＿＿＿＿＿＿＿＿。
新情境

这一喜剧性行动的结果是＿＿＿＿＿＿＿＿＿＿＿＿＿＿＿＿＿＿。
特定场景

在个人关系中，他总是＿＿＿＿＿＿＿＿＿＿＿＿＿＿＿＿＿＿＿。
原则

之后，这一原则被应用到＿＿＿＿＿＿＿＿＿＿＿＿＿＿＿＿＿＿＿。
新情境

这一喜剧性行动的结果是＿＿＿＿＿＿＿＿＿＿＿＿＿＿＿＿＿＿。
特定场景

独处时，他总是＿＿＿＿＿＿＿＿＿＿＿＿＿＿＿＿＿＿＿＿＿＿＿。
原则

之后，这一原则被应用到＿＿＿＿＿＿＿＿＿＿＿＿＿＿＿＿＿＿＿。
新情境

这一喜剧性行动的结果是＿＿＿＿＿＿＿＿＿＿＿＿＿＿＿＿＿＿＿＿＿＿＿＿。

特定场景

**恭喜你**

因为你将人物原则应用到相应情境，喜剧性或戏剧性自然产生。

## 人物原则和难题

在《蝙蝠侠：黑暗骑士》中，蝙蝠侠强加给自己的原则是不杀戮。这给他带来麻烦了吗？这是肯定的。《摔角王》（*The Wrestler*）中，兰迪在台上的绝招正是危害自己性命的动作。在黑色幽默动作电影《杀手没有假期》（*In Bruges*）中，哈里的"那些杀死孩子的人必须得死"的执念导致自杀。

**(10)**

**10 分钟练习：**

**人物原则构建难题**

在你的剧本中找到由于人物自己的原则造成的难题。

在公众场合，他总是＿＿＿＿＿＿＿＿＿＿＿＿＿＿＿＿＿＿＿＿＿＿。

之后，当＿＿＿＿＿＿＿＿＿＿＿＿＿＿＿＿＿＿＿时，这一原则带来难题。

在个人关系中，他总是＿＿＿＿＿＿＿＿＿＿＿＿＿＿＿＿＿＿＿。

之后，当＿＿＿＿＿＿＿＿＿＿＿＿＿＿＿＿＿＿＿时，这一原则带来难题。

独处时，他总是＿＿＿＿＿＿＿＿＿＿＿＿＿＿＿＿＿＿＿＿＿。

之后，当＿＿＿＿＿＿＿＿＿＿＿＿＿＿＿＿＿＿＿时，这一原则带来难题。

**恭喜你**

无须为制造困境犯愁了！

## 原则的打破和人物的改变

人物打破原则是不依靠"直白"的对白而流露改变和转变的绝佳方法。试想一下，一个不会跳舞、拒绝跳舞或害怕跳舞的男人，在第三幕突然牵起心上人的手跳起了探戈。无论他经历了什么，很显然这都促使他做出了自我改变。当他打破自己的原则时，我们就会见证这一改变。

在《当哈里遇到莎莉》中，莎莉在晚餐时上演假高潮以示她的得意。

在美剧《嗜血法医》中，德克斯特对正常生活的渴望促使他承担起家庭责任，这导致他打破了自己的杀人原则。

在《一夜大肚》（*Knocked Up*）中，主人公本·斯通阅读一堆以前唯恐避之不及的育儿图书展现出他作为奶爸的潜质。

那《生活大爆炸》中的谢尔顿呢？他真的吻了自己的女朋友艾米，那一刻令人震惊和感动。我们开始相信，也许谢尔顿真的改变了。

**10**

**10 分钟练习：**

**原则的打破**

为所有人物找到一个将被打破的原则——作为凸显他们的改变或受到的影响的参照物。

**主人公**

他总是_____。

之后，他通过_____打破这一原则。

**次要人物/次要人物**

他总是_____。

之后，他通过_____打破这一原则。

**反派**

他总是_____。

之后，他通过_____打破这一原则。

**恭喜你**

你没有依靠不必要的明示而展现彻底的改变和人物发展。

## 人物原则和重要的场景时刻

记住，原则越具体，你的人物场景时刻越有意思。也就是说，我们的描述不应只是"人物总在派对上感到害羞"，而应具体为"她老是躲进更衣间"。不应只是"人物让我们走进他的私人生活"，而应具体为"他总是在镜子前演唱歌剧"。

**10**

**10 分钟练习：**

**通过人物原则发掘你的人物**

为人物创建原则列表，罗列出他在特定情境中总做或从来不做的事情。

在葬礼上，他总是_____。

在葬礼上，他从不_____。

在婚礼上，他总是_____。

在婚礼上，他从不_____。

在高中同学会上，他总是_____。

在高中同学会上，他从不_____。

在电梯里，他总是_____。

在电梯里，他从不_____。

在家庭晚餐时，他总是_____。

在家庭晚餐时，他从不_____。

在开车时，他总是_____。

在开车时，他从不＿＿＿＿＿＿＿＿＿＿＿＿＿＿＿＿＿＿＿＿＿＿＿＿＿。

你也可以提出新的情境来发掘新的人物原则。

**恭喜你**

你越了解人物，展现在你眼前的戏份也越多。将两个有着相悖原则的人物聚到一起，你就有了碰撞出冲突和喜剧的绝佳机会。

## 关系原则

就像人物遵循他们的个人原则一样，他们也倾向于坚持生活中的关系原则。试想一下：你最好的朋友与她丈夫和你相处时的表现肯定是完全不同的。当她与自己孩子相处时，关系原则再次改变。面对邻居、老板等，她的关系原则都会相应改变。

电影《柳暗花明》（*Away From Her*）以一对恩爱的老夫妻开场。他们安静地一同滑雪。他们一起看日落。他们在晚餐时说笑逗乐。随后，妻子收拾餐具时却将煎锅放进了冰箱。突然，她看起来有点困惑，然后离开。丈夫看上去很伤感，但没有指出她的错误。相反，他平静地打开冰箱，把煎锅放入橱柜。

她的人物原则是失忆。（我们很快发现她患有老年痴呆症。）丈夫的原则是创造她的记忆。他们的关系原则是不讨论或不处理这一问题。当她在第一幕结尾时选择打破这一原则并坦言这一问题时，电影的故事开始了。

美国电影中出彩的爱人和伙伴都有着明确定义的关系原则。在《亚当的肋骨》（*Adam's Rib*）中，亚当和阿曼达·邦纳这两个律师，在法庭上针锋相对，但私下里都有软肋。

美剧《欲望都市》中，凯莉、萨曼塔、夏洛特和米兰达四人同行和两人一组时有着不同的行为原则。当她们与男性朋友相处时，显然也有着不同的关系原则。

展现主人公与家人、爱人或朋友相处时新的人物原则也向我们呈现出他性格的另一面并揭示个人历史。

**(10)** **10 分钟练习：**

**关系原则**

与母亲相处时，他总是/从不＿＿＿＿＿＿＿＿＿＿＿＿＿＿＿＿＿＿＿＿。

与父亲相处时，他总是/从不＿＿＿＿＿＿＿＿＿＿＿＿＿＿＿＿＿＿＿＿。

与爱人或搭档相处时，他总是/从不＿＿＿＿＿＿＿＿＿＿＿＿＿＿＿＿＿。

与朋友相处时，他总是/从不＿＿＿＿＿＿＿＿＿＿＿＿＿＿＿＿＿＿＿。

与自己孩子相处时，他总是/从不＿＿＿＿＿＿＿＿＿＿＿＿＿＿＿＿＿。

与权威人士相处时，他总是/从不＿＿＿＿＿＿＿＿＿＿＿＿＿＿＿＿＿。

**恭喜你**

通过人物与特定对象相处时的固定方式，你正向观众透露这一关系的背景故事。我们不一定需要亲耳听到历史——行为揭示一切。

# 创建强力反派

强力反派固执地相信自己所追求的目标是正当的，他们认为他们才是主角。

假定《蝙蝠侠》中的反派小丑相信自己是影片的主角，他的故事线是："一个清除掉城市中伪君子和骗子的快乐的恶作剧者，越来越接近击败可能会毁掉他所有乐趣的蝙蝠侠。"

在《迈克尔·克莱顿》（*Michael Clayton*）中，卡伦·克劳德下令杀掉主人公，但她相信自己只是在做本职工作。她的故事线可以解读为："一位敬业的高管为了保护她的公司而参与谋杀，牺牲了自己的事业和良知。"

即使是《老无所依》（*No Country for Old Men*）中的冷血杀手安东·齐格，也相信自己杀人有正当的理由。当安东盘问店员关于这个偏僻的加油站的情况时，我们看到当他听到这是店员"老婆的嫁妆"，安东决定杀了他，因为相信自己是在帮他脱离苦海。幸运的是，安东自己的"原则"是用掷硬币来决定是否动手杀人——结果救了这个可怜人一命。

如果反派明确地追求自己的目标，剧本中就体现出我们对他们的理解。我们也许不喜欢他们或不想成为与他们一样的人，但要理解他们是真切的人——而不只是挡路的人。

⑩ **10 分钟练习：**

**反派的人性化处理**

关于反派，回答以下问题并找出他真实的一面。

1. 他如何相信自己是在帮助别人或是在做好事？
2. 他对主人公除了恨，还有什么感觉？
3. 他爱谁？
4. 他最强的能力是什么？

他最大的弱点是什么？

**恭喜你**

花 10 分钟用人性化的方式处理反派，你就向远离俗套走出了重要一步。

■ **10 分钟小结：人物**

1. 为你的主人公确定**缺点/能力**的平衡。
2. 通过人物**图谱**的极端化设定来创建次要人物。
3. 通过习惯和行动创建**人物小传**。
4. 为主人公创建**令人难忘的出场**。
5. 在公共、私人和独处场合中发掘**人物原则**。
6. 在情境中应用人物原则来建立**喜剧性**。

7. 使用人物原则构建**难题**。

8. **打破**人物原则来呈现人物变化。

9. 确定剧本的**关系原则**。

10. 进行**反派视角**的发掘，对他进行**人性化**处理。

# 第五章

# 初稿

你经历了头脑风暴，锁定某个概念，勾画出你的主要节拍，增加了呈现那些节拍的场景，并且发掘出让那些戏剧性更加丰富的人物高光时刻。这意味着我们通过了构思阶段，开始真正写剧本了。

在本章中，你舞动指尖并快速完成"速写稿"，通过各场戏的主要目的将其粗略地写出来。然后再扩写、打磨并增加更多的场景，直到你为自己的故事片或试播集写出扎实的第一稿。

但一个人10分钟可以写多少呢？

眼下，我们争取写出一个场景。

记住，一个场景可以短至八分之一页，所以你不必压力过大。只要每次聚焦一个场景，围绕这个场景的目的去写，就没有问题。

## 场景意图

我所说的场景意图（Intention）是指在身体上、言语上、情感上和情节上必定发生的那些让这一场景奏效的东西。写剧本时只要围绕这些意图，你就能抓住各个场景的核心并且避免走弯路或重写。

### ⏰ 10分钟课程：场景意图

**身体意图**聚焦行动。这个场景一定发生什么？我们必须看见某人做了什么？

**言语意图**聚焦对白。必须要用言语表达的是什么？因为你在改写阶段还会打磨所有场景，所以此刻，如果有需要的话，允许你自己写"直白的"对白。

**情感意图**聚焦这一场景中的某个人物如何受到影响，或者观众在情绪上应该如何被影响。

**情节意图**可能是这一列表中最为重要的元素。这一场景如何推动故事向前发展？如果没有，那就把它从场景列表中删除。

**课程结束**

## 围绕意图写各个场景

从没写过剧本？别担心。当你逐个分解一个场景的元素时，这真的非常简单。

分析一下以下这个摘自《杯酒人生》的场景。它简短，意图明确，也是这部奥斯卡最佳剧本的一场关键戏。

1. 编剧创建场景标题来标注这场戏的内外景、地点以及发生的时间。

停车场 / 日 / 外

2. 编剧为了达成身体意图，增加了场景描写。

玛雅起身走向她的萨博（车）。

3. 编剧增加传递言语意图的对白。

玛雅：你想过要说什么吗？

迈尔斯：当然，我想过。我想说，我现在就可以编一些故事，但我没有。我告诉了你真相。

4. 编剧为了揭示情感意图，增加了一个表现这场戏中究竟发生了什么事的动作线。

玛雅一脸"别烦我"的表情转身面对迈尔斯。迈尔斯伸手去拉她。

5. 编剧给这个场景增加了一个结束这一时刻并且推动故事向前发展的机关，由此实现情节意图。

迈尔斯：玛雅。

玛雅（猛地挣脱）：别碰我。送我回家。

节选自《杯酒人生》，编剧：亚历山大·佩恩（Alexander Payne）/ 吉姆·泰勒（Jim Taylor），2004 年。

以下是另外一个例子，由马特·哈里斯（Matt Harris）所写。留意这个场景如何用八行就达成所有意图。

安克雷奇机场候机楼/深夜/内

空荡荡的候机大厅。

一个男人，杰夫，站在她身旁。

杰夫：夏洛特？

夏洛特：我？

杰夫：是的。我是，呃……杰夫。

夏洛特困惑地盯着他，很难说此刻到底谁更紧张。

杰夫：我是你爸。

节选自《血源》（*Bloodborne*），编剧：马特·哈里斯，2007年。

## 写一个场景

你只有10分钟。目标是只写出一个场景。不求完美！

速写，只要写出粗略的场景即可。

查看你的场景列表，选择一个场景，然后开始动笔。

**(10) 10分钟练习：**

**写出你的第一个场景的速写稿**

场景标题

场景描写

人物：对白

揭示身体/情感意图的动作线

人物：对白带出情感意图

动作机关结束这一场景并推动故事向前发展。

### 恭喜你

你写完了第一个场景。关键是你写得没有压力，还避免了冗长。

# 快速格式

还在对格式望而生畏？你只需要了解几个术语。的确如此。当扩写和改写时，我们会探讨格式技巧和风格，但现在，我们仅专注于基本格式。

## ⏰ 10 分钟课程：格式基础

场景标题也被称作说明文字，注明所处的地点以及时间，是内景（INT.）还是外景（EXT.）。如下所示。

办公室 / 日 / 内

动作线也被称作场景描写，给场景行动一个视觉描写。常是单句格式，看起来如下：

玛丽在写剧本。

对白就是我们所说的由人物说出来的话。在台词之前，先注明人物的名字。
对白应如下：

玛丽：只剩下一百页要写。

场景标题、情节线和台词，组合在一起看起来如下：

办公室 / 日 / 内
玛丽在写剧本。
玛丽：只剩下一百页要写。

### 课程结束

### 剧作软件如何帮助你

不想把大把时间花在首行缩进等格式调整上？那么，你需要编剧软件。如果你只想打字，格式自动生成，那你就需要一款编剧软件，如 Final Draft 软件等。

# 速写稿

写速写稿时，你的目标是完成剧本，不要求每一场戏都写到完美，也不求完美的台词或者值得剪到预告片里的片段。只需要简单地将你在剧本大纲中已经敲定的各个场景按顺序写出来即可。以标准格式写出这些戏，使之看起来像一部电影或电视剧。

为便于开始，你可以先选择场景列表中的一个场景并围绕其主要目的快速写出这场戏。一旦你实现这些目标，继续下一步吧！别担心遣词造句、人物细节、场景描写、细节等，大胆去写。尝试在10分钟内写出一个场景。说不定你特别擅长这个，甚至可以在10分钟内写出两个场景！

现在，如果你进展顺利并觉得下笔如有神，那务必加油！在那时，不必严格地围绕主要目的来写。但当你开始推敲用词，删减和重写，或者停笔上网查询资料时，要迅速回到主要目的上来，利用速写稿练习推进写作进度。

如果你创作受阻，暂时标记那个场景后就继续往下写。即使写"主角做一些很酷的事情让女人爱上他"也足以推动剧情发展。不断标记场景，直到场景说明和对白的灵感再现。

你的准则是："这是速写稿。它不必完美。"

当你完成后，我们将用远比这零星的10分钟多得多的时间去精雕细琢和改写。但现在，尽可能一有机会就利用10分钟把大纲的场景写到纸上。

**⑩ 10分钟练习：**

### 场景写作日程表

从头到尾保持快速写作。

第一天

10分钟：提前10分钟起床——写一个场景。

10分钟：办公室茶歇——写一个场景。

10分钟：提早结束午餐——写一个场景。

第二天

10分钟：享受晨间咖啡——写一个场景。

10分钟：宝宝在摇椅上打盹——写一个场景。

10分钟：上学的孩子在做作业——写一个场景。

第三天

10分钟：提早到教室——写一个场景。

10分钟：搭地铁——写一个场景。

10分钟：等着放洗澡水——写一个场景。

### 恭喜你

在这三天时间里，每天利用三个空闲的10分钟，你就能够完成自己电影的第一个段落。你顶多还需要完成七个段落。照这个速度，不到一个月你就能完成速写稿。要是写作时间翻倍，那么两周就能完成！

**⑩ 10分钟练习：**

### 写速写稿

你忙里偷闲完成了自己的第一个段落。接下来，不断向前推进直到最后吧！

1. 快速地写作，围绕目标并从头至尾写成草稿。

2. 别停下来思考。

3. 别反复修改。

4. 标记你不清楚的地方。

5. 继续写你清楚的地方。

6. 遭遇瓶颈？先编一点！

7. 不求完美！

**恭喜你**

你已经写到结尾啦！这是通过你围绕场景的中心目标的写作而完成的。在这个过程中，由于没有足够的时间，你没有停下来去挑毛病。而时间限制正好促使你更有效率，并且跟随直觉完成写作。

## 从速写稿到初稿

你已经写完了？庆祝一下！

庆祝完了？很好。

接下来你有更多的工作要做。

要知道，因为这只是速写稿，它必定简短和粗略，并且只大致上达成了你的最初设想和故事意图。这意味着你的下一步是回到剧本并对其进行扩展，使它变成可以传递故事的清晰的初稿。

# 剧本发展：增加新场景

你不断写作，从剧本大纲一直写到场景列表。正是这些被你组合到一起的场景构成了粗略的草稿。但是，不论别人对你说什么，并不是所有的场景都很完整。所以，在将速写稿扩展成完整的初稿的过程中，你要做的第一件事就是为场景查缺补漏。

你不需要完全重写，而只要添加场景使故事连贯即可。去填补故事的空白，加入人物关系，创造强有力的可以剪进预告片的场景。接下来，我们将会介绍一些实现这一目的的方法。

要记住这里的目标是加入场景来将速写稿扩展为完整的初稿。之后，我们会通过改写再过一遍。总之，这一稿不必完美得无可挑剔。

## 触发场景

仔细检查速写稿，你会注意到某些段落连接不起来。它们在构思阶段看起来没问题。但事实证明你需要做更多。

通过围绕在故事中触发新节拍的事件写一个场景，你正填补一个空白并带来额外的行动。

在动画电影《飞屋环游记》（*Up*）中，编剧可以展现主人公被赶出他的房子，因为他家周边的土地正在被开发。但是编剧让他愤怒地敲打一位土地开发商，导致了自己被驱逐。

有时候,"触发"是细微的;一些不起眼的见证或经历催生了人物的动机。出色的触发场景可以帮助我们获得理解人物随后的选择的情感认同。

在电影《朱诺》中,朱诺与瓦内萨与小孩的互动触发了她想把孩子给瓦内萨收养的决定。这就是我们看到的朱诺的"理由"。如果没有这个场景,她的选择看上去就莫名其妙。

在电影《在云端》中,瑞恩看到公告板上布满了妹妹与梦想之地的合影是为了触发他把自己的航空里程转赠给妹妹。没错,他可以直接把航空里程给她,但那个触发场景能帮助他意识到自己的问题所在。

对于其他的触发场景,联想……

某个触发了人物探索的事件或瞬间。

某个触发了人物冒险的事件或瞬间。

某个触发了人物放弃的事件或瞬间。

某个触发了一次亲吻的事件或瞬间。

某个触发了一场求婚的事件或瞬间。

某个触发了一场谋杀的事件或瞬间。

**(10) 10 分钟练习:**

**增加一个触发场景**

只要主人公做了新的选择,就务必写一个触发场景。把这些场景增加到你的场景列表中,然后写入初稿。

_____的选择

由 _____触发。

*新场景*

_____的选择

由 _____触发。

*新场景*

_____的选择

由 _____触发。

*新场景*

**恭喜你**

现在,观众目睹了主人公被激起行动的真正缘由。你不会再收到"但是他为何这样做?"的批注。

## 关系场景: 次要人物

如果你声称你的剧本讲述的是一个爱情故事,但你是否写了人物为爱执着的场景?如果你写的是友情电影，你是否向观众展现了好友精诚合作的场景？如果你写的是动作－冒险电影，你是否向观众呈现了主人公与他欲救之人的情感关联？

如果没有看到这些关联，观众是不会买账的。人物或许向某人吹嘘他的爱，但除非观众亲眼所见，否则那就是虚情假意。或许朋友会说愿为对方两肋插刀，但除非我们目睹他们的不离不弃，否则就算他们真的为对方牺牲，我们也不会被触动。

这些关系不需要强烈的戏剧化或过度的情绪化。背景故事没必要——分享，也不需要泪流满面。

这些关系可以由以下元素构成：玩笑、眼神、承诺、秘密、赞美、亲吻、指责、威胁、争吵。

有时候，这种心领神会来自共同的话题。在奇特的浪漫喜剧电影《乌云背后的幸福线》（*Silver Linings Playbook*）中，主角们的初次相遇很尴尬，直到他们找到共同语言——两人都在服用抗抑郁药物。

> 帕特：你试过氯硝西泮制剂（抗惊厥药）吗？
>
> 蒂芙尼：氯硝西泮制剂？（轻声地笑）吃过。
>
> 帕特：是吗？
>
> 蒂芙尼：是的。
>
> 帕特：吃了它就像是，"什么？今天是星期几来着？"曲唑酮效果怎么样？
>
> 蒂芙尼：曲唑酮啊！
>
> 蒂芙尼大笑。

摘自《乌云背后的幸福线》，编剧：戴维·O. 拉塞尔（David O. Russell），2008 年；改编自马修·奎克（Matthew Quick）的小说。

**(10)** **10 分钟练习：**

### 主人公与次要人物的情感联系

创建展现主人公与次要人物的情感关联的新场景。把它们加入你的场景清单，随后写入初稿。

**第一幕**

与次要人物的情感关联＿＿＿＿＿＿＿＿＿＿＿＿＿＿＿＿＿＿＿＿＿＿＿＿＿＿＿＿＿＿＿

*新场景*

**第二幕A**

与次要人物的情感关联＿＿＿＿＿＿＿＿＿＿＿＿＿＿＿＿＿＿＿＿＿＿＿＿＿＿＿＿＿＿＿

*新场景*

**第二幕B**

与次要人物的情感关联＿＿＿＿＿＿＿＿＿＿＿＿＿＿＿＿＿＿＿＿＿＿＿＿＿＿＿＿＿＿＿

*新场景*

**第三幕**

与次要人物的情感关联_____

*新场景*

**恭喜你**

你丰富了故事并且强化了人物发展。观众现在对主人公的境遇更加感同身受，陷入了他或她与某人的关系之中。

## 关系场景：反派

当你创建这些情感关联时，请一定不要忘记反派——坏人也需要关注！或者，我应该说，坏人需要向观众展现他们才是主人公……反之亦然！有时候，与主人公以某种积极的方式联系在一起的反派最有意思。电影《亡命天涯》（*The Fugitive*）中的主人公说出那句著名的台词："我没有杀我妻子！"警长的回应却是："我不在乎！"

在那一刻，我们看到主人公和他的对手联系在一起，言语中表露他们都只是在做不得不做的事情。这意义重大，因为它将我们拉回行动之前建立起两者人性的关联。

电影《盗火线》（*Heat*）最为人津津乐道的是警察停止追小偷转而与小偷共进晚餐的场景。同样，理解万岁。此时，小偷对警察说："我做我最擅长的。不是浪得虚名。你做你最擅长的——尽力阻止我这样的人。"

但消极的关联也一样强有力。在英国广播公司的电视剧《堕落》（*The Fall*）中，警察有意用电视诱捕杀手，却接到杀手打来称赞她的电话，由此建立起一种关联——即便她因为没有掌握对方的全部信息而沮丧。

(10) **10 分钟练习：**
**主人公与反派的情感关联**

创建展现主人公与反派的情感关联的新场景。把它们加入你的场景清单，随后写入初稿。

**第一幕**

与反派的情感关联_____

*新场景*

**第二幕A**

与反派的情感关联_____

*新场景*

**第二幕B**

与反派的情感关联_____

*新场景*

## 第三幕
### 与反派的情感关联

新场景

**恭喜你**

你已经在传统的好人 / 坏人的关系中加入了新层次。如果你想让主人公恨反派，新的关联场景就要加强恨的部分。如果你想让主人公看到反派的另一面，你的场景也应该做好这一点。

# 引子（Teaser）

如果你是犯罪题材一小时剧的超级剧迷，那你对引子应该很熟悉。引子是聚焦惊人事件的开场：恐吓！绑架！谋杀！一个好的引子不只有令人震惊的作用。通常，引子的主题正是调查的凶案或者谜团的关键线索。

当代电影也用引子的技巧引导我们投身其中。以下就是一个很快抓住我注意力的电影剧本。

遥远的海滩 / 日 / 外

海燕麦在清凉的晨风中摇曳。

一个无忧无虑的小男孩（5 岁）出场，欢快得像一头小鹿。他看到正前方一只白色风筝在空中隐现，风筝线被拴在一座沙丘背面。

妈妈的声音（画外音）：别走远，宝贝。

小男孩转向他的父母。

妈妈：快回来，听到没？

但那只风筝让小男孩难以抗拒。他带着淘气的笑容，朝风筝跑去。

更大的沙丘 / 片刻之后

落地的风筝在地上拍打。小男孩的手指拨动风筝线，风筝的线轴被深埋在沙子下。

他双膝跪地，伸手去挖线轴。他挖得越深就越失望。他抓住线并用力去将它拉上来。

一只年轻女子的左手，从胳膊的中部被砍断，断面比较新鲜，手依然松弛地抓着风筝线轴。

被砍下的手上有一朵猩红的野玫瑰纹身螺旋绕着残肢，并向下延伸至背掌骨。

小男孩倒退几步，惊恐地盯着那只手。他吓得跑开了。

节选自《野玫瑰》（*Wild Rose*），编剧：史蒂芬·考恩（Stephen Cowan），2007 年。

尽管小男孩再也不会走进这个场景，但他的冒险为后面的故事定下了基调，也为凶案提供了证据，我们将据此一路跟随案情。我第一次读到这一场戏时就被小男孩的旅程深深吸引：无忧无虑的时光，追寻风筝，令人毛骨悚然的发现。读完这一页，我已然身在其中。第一页一上来就是被切下的手？接下来会发生什么？这正是好引子吸引人之处。

好的引子不一定总是恐怖的——至少不是一般意义上的恐怖。在电影《宿醉》中，第一场戏让我们直击问题中心。伴郎站在沙漠中给忧心忡忡的新娘打电话。他的车报废了，脸也惨不忍睹。而他的朋友们看上去都死气沉沉的。最糟糕的是，他们把新郎给弄丢了。

当我们转到电影的下一个场景（40分钟之前，电影实际上就是从那的开始的），之前那个引子已经印在了我们的脑海里，它时刻提醒着我们不论人物现在感到多么安全，痛苦的旅程正等着他们。

引子不总是很夸张的。电影《冰风暴》（*The Ice Storm*）中以黎明前冰冷的火车之旅开启电影。没什么可怕的事情发生：一个男孩乘车，他的父母来接站，火车也没有撞车。但寒冷和黑暗的场景给了我们一种贯穿整个故事的恐惧感。

**⑩ 10 分钟练习：**

## 写一个引子

选用以下任一选项创建一个刺激的开场，将其增加到你的场景清单，之后写入初稿。

1. 聚焦一个发生在电影深处的戏剧性事件。提示：只向我们展示这个场景的一部分，将整场留到后面！
2. 呈现一个最后被证实是现实的梦境般的事件。
3. 聚焦正在作恶的反派。
4. 聚焦一个充满情感的紧张又私密的时刻——之后会加以解释。
5. 写一个具体类型的开场。如果是恐怖片，恐怖气息扑面而来；如果是喜剧片，就写一个愚蠢的片刻；如果是战争片，战斗已打响。

**恭喜你**

引子强化了你的故事，让它变得充满吸引力，读者读了第一页就愿意为它买单。

# 典型场景（Set Pieces）

"典型场景"正是电影工业那些奇怪术语中的一个，如摄制工作中的器材助理被称作"best boy"，机械师被称为"key grip"，它们和字面意思不同。有些编剧一听到典型场景这个术语就想到"置景"（Setting）。所以，当被要求加入更多典型场景时，他们会加上图书馆、海滩或摩天大楼的场景。事实上，"典型场景"这个术语指的是与前述场景完全不同的东西。

## ⏰ 10 分钟课程：典型场景

当典型场景应用到剧本中时，它是一个活跃的、视觉的、值得被剪到预告片的场景，以创新的方式使用一个置景。就以我们刚说到的图书馆、海滩和摩天大楼为例：在图书馆里，书突然从书架上飞出来砸晕一个坏人；海啸来袭，平静的海滩变成一场噩梦；恋人在摩天大楼的窗台上野餐。

在电影《第三类接触》中，一位疯狂的父亲制作微缩的山丘模型，一开始用土豆泥在餐桌上制作（58:32），后来是用后院的泥土和灌木制作（1:12:22）。在这些行动时刻，山丘、使命和家人看他的惊恐情绪都呈现在我们眼前。

好的典型场景具有多重功能，它不仅利用剧本世界创建新的视觉影像，还使用这个世界来实现以下功能。

强化类型：比如电影《卧虎藏龙》中竹林的打斗场景。

塑造人物：美剧《国土安全》中，主角卡丽通过自己建立的精密的监视系统监视关键嫌疑犯布罗迪，却开始爱上他。

制造问题：如电影《伴娘》中，婚纱店里食物中毒的场景（44:15）。

电影《长大》（Big）中，FAO Schwartz 玩具店"筷子歌"就是典型场景的多重功能的绝佳例子。乔什，一个被困在成年人身体里的十二岁男孩，通过在巨大的琴键上舞动并演奏"筷子歌"教他古板的老板什么是游戏时间（48:10）。

这场戏的多变动能如下。

A：利用了玩具商店的置景。

B：通过行动传达"童心未泯"的主题。

C：成人模样的乔什的行为举止却像个十来岁的孩子，致敬故事的概念和人物。

D：通过乔什的升职推动故事发展。

**课程结束**

**10 分钟练习：**

**写一个典型场景**

应用以下任意选项创建一个令人难忘的典型场景。把它加入你的场景列表，然后再写到初稿。

类型典型场景＿＿＿＿＿＿＿＿＿＿＿＿＿＿＿＿＿＿＿＿＿＿＿＿＿＿＿＿＿＿＿＿

*新场景*

人物驱动典型场景＿＿＿＿＿＿＿＿＿＿＿＿＿＿＿＿＿＿＿＿＿＿＿＿＿＿＿＿

*新场景*

故事构建典型场景＿＿＿＿＿＿＿＿＿＿＿＿＿＿＿＿＿＿＿＿＿＿＿＿＿＿＿＿

*新场景*

概念典型场景＿＿＿＿＿＿＿＿＿＿＿＿＿＿＿＿＿＿＿＿＿＿＿＿＿＿＿＿＿＿＿

*新场景*

主题典型场景＿＿＿＿＿＿＿＿＿＿＿＿＿＿＿＿＿＿＿＿＿＿＿＿＿＿＿＿＿＿＿

*新场景*

**恭喜你**

增加典型场景可以让你的剧本更加扎实和好卖。加入一个关键的典型场景也可以为普通的故事时刻注入新的生命。

# 剧本发展：在现有的场景基础上扩写

通过紧紧围绕主要意图撰写场景，你快速完成了草稿。非常好，因为这使你能够关注到场景真正讲述的内容，而不用在找到关键点前走弯路。

但现在你正将草稿扩为真正的初稿，你可以通读已写的场景，并决定是否需要扩写。

## 扩写场景

接下来是由苏珊娜·凯丽（Suzanne Keilly）围绕剧本的基本意图而写的场景。跟随她的选择，从小处开始，随后扩写。

博比与米娜的拖车内/内
米娜把背包扔在地上，一下子坐在桌旁的椅子上。博比在她面前放下一碗麦片。
米娜：我要吃鸡蛋。
博比：我们吃完了。
米娜：随便吧。那我就随便吃点不健康的东西，学校有卖甜甜圈的。
博比伸手去拿她的钱包。
博比：我会给你钱的。

仅仅围绕意图来写这一场戏，直截了当地传达了中心思想。

但作者想要的更多。首先，她想创造一个更棒的场景地点。所以她在开头加入了更多细节，正好适合上演这一场景。

博比与米娜的拖车内/内
博比站在她们车上的小厨房里，往碗里倒了麦片。
柜子上的烟灰缸里放着一根点燃的香烟。

编剧还想讲述博比与她丈夫的婚姻问题，所以她决定添加更多的对话。

米娜：我要吃鸡蛋。
博比：我们吃完了。
米娜（转动眼珠）：好吧，那我多少能喝点牛奶吧？
博比：我们没有牛奶。
米娜：你把牛奶盒扔到爸爸那儿了吗？
博比：我明天会再买点的。
米娜：随便吧。我就在学校吃点不健康的食物吧。

编剧也想构建博比生活方式的矛盾。如此一来，编剧就在场景中添加了新的一段。

博比吸了一口烟。

博比：不行。从现在开始咱俩都要保持健康，我们讨论过的。

她吐出了一大口烟雾。

米娜：怎么健康？你已经把所有能吃的东西都扔到爸爸那儿了。

接着，编剧通过缓和场景建立基调转变，也是博比对女儿采取新手段的机会。

博比熄灭香烟。转过身面向她女儿。

博比：对不起，真的。情况很快就会更好的。

米娜：什么时候？

最后，编剧想要确保故事清楚地说明了女儿在与母亲这一回合较量中赢得了"胜利"。为了达到这个目的，编剧通过添加"情绪化的动作线"，再一次改变了故事方向。

米娜闷闷不乐地抓起了背包。

米娜：学校有卖甜甜圈的。

博比伸手去拿她的钱包。

博比（叹气）：我会给你钱的。

最终这一场景是这样的。

博比与米娜的拖车内/内

博比站在她们车上的小厨房里，往碗里倒了麦片。

柜子上的烟灰缸里有一根点燃的香烟。

米娜：我要吃鸡蛋。

博比：我们吃完了

米娜（转动眼珠）：好吧，那我多少能喝点牛奶吧？

博比：我们没有牛奶。

米娜：你把牛奶盒扔到爸爸那儿了吗？

博比：我明天会再买点的。

米娜：随便吧。我就在学校吃点不健康的食物吧。

博比熄灭香烟。转过身面向她女儿。

博比：对不起，真的。情况很快就会更好的。

米娜：什么时候？

米娜闷闷不乐地抓起了背包。

米娜：学校有卖甜甜圈的。

博比伸手去拿她的钱包。

博比（叹气）：我会给你钱的。

节选自《三天三千英里》（*Three Days Three Thousand Miles*），编剧：苏珊娜·凯丽（Suzanne Keilly），2009年。

**10 分钟练习：**

**扩写场景**

一次处理一个场景，通过询问以下问题来检查和扩写场景。但请记住，你可能只需要增加一个元素。

不要一股脑全加进去，否则会适得其反！

1. 你需要给这个场景一个更好的**地点**吗?

2. 加入更多**对话**是否有益于你的场景?

3. 为了改变节奏，你应该尝试一下**基调转变**吗?

4. 你需要给场景加入**新节拍**吗?

5. **情绪化的动作线**能帮助你讲述故事吗?

**你已完成**

你已经使场景有血有肉并达到了你的情感的和戏剧的意图。

## 场景拆分

有时不是所有场景都需要扩写，你真正需要的是拆分场景。一个长对话或动作场景对你的剧本来说可能是必要的，但如果你让人物长时间待在某个地点，那将是一连串头部特写镜头。

一对男女打情骂俏的场景可能很令人着迷，但如果该场景发生同一个地点且长达五页，它会很快变得没意思。我们可以将场景拆开，从台球桌开始，接着走到酒吧，然后在停车场结束。这样一来，我们让人物保持动态的同时，还能抓住观众的注意力。

所以，查看你的场景列表，再进一步检查每一个场景。你是否写了一个本可以用两三个简短场景替换的冗长的漫游场景。

**10 分钟练习：**

**场景拆分**

从场景列表开始，查看你的场景并观察在何处可以拆分地点来建立额外的场景。

1. 对话场景：如果所有信息都很重要，那么把它伸展到不同的地点。

2. 打斗场景：如果打斗不是在固定空间，人物可能从一个地方追打到另一地方。

3. 派对场景：将我们的视线带至屋里不同的小地点。比如有人在餐桌旁，也有些人在阳台上。

4. 追逐场景：人物肯定是在各个地点中互相追逐。确保你的场景标题反映出这一点。

**你已完成**

通过拆分，你的剧本实际上在不知不觉中就变长了。通过拆分地点，你的剧本看起来更像一部电影，而不是戏剧。

## 呈现，而非说出来

这是剧本创作最古老的原则，也是最好的原则。当你可以向观众展示发生了什么的时候，谁还需要言语？虽然，匆忙间你可能想到人们单纯交谈的戏，而想不到向观众展示发生了什么事。用行动替换这些对话将使你的速写稿快速变得真切。

**(10)** **10 分钟练习：**

**呈现**

通过以行动时刻替换对话场景将你的速写稿提高一个层次。

第一步：检查场景列表。如果一个场景的内容可以被概括为诸如说服、告诉和询问等，把它标出来，然后以动词替换它们，迫使人物采取行动——而不是对话。

第二步：聚焦你的新行动，改写这个场景。例如，人物在你写的场景中无意听到了真相，可以改成人物自己发现真相。

**恭喜你**

你已经使剧本变得更加有趣和积极。观众现在会觉得自己是在经历事件，而不是听说事件。

# 剧本发展：加入你的声音

快速完成草稿是一个好办法，但未必是表达编剧个人声音的最佳途径。通过在字里行间增加个性，你可以为自己的剧本建立起正确的氛围和基调。

## 用词与语气

你的写作风格和用词方式由你说了算。但要牢记剧本类型。

你或许想在剧本中加入美好和思考：在《拆弹部队》（*The Hurt Locker*）中，编剧给战争中的残酷场景中注入了情感。

汤普森开始独自走向炸弹。

"孤独"定下基调，甚至支配着节奏。场景描写继续。

汤普森身着重达80磅的防护服，汗水流进眼睛，他笨重地向前走，每一步都扬起尘土。

汤普森可不是穿了套防护服，他是被其"束缚"。汗水模糊了他的眼睛。他吃力地缓慢前移。这是这场戏带给我们的直观感受，不只是看到。

节选自《拆弹部队》，编剧：马克·博尔（Mark Boal），2007年。

你可能想用措辞表现魔法和惊讶：在电影《指环王1：魔戒再现》中，一段情节线如下。

当隐身的比尔博放下手中的那枚纯金戒指，随即现形。但他发现甘道夫正从高处看着他。
节选自《指环王1：魔戒再现》，编剧：弗兰·沃尔什（Fran Walsh）/菲利帕·博延斯（Philippa Boyens）/彼得·杰克逊（Peter Jackson），2001年；改编自J. R. R. 托尔金（J. R. R. Tolkien）的小说。

我们注意到剧本的用词，描写比尔博不是"出现"，而是"现形"。甘道夫不是站着，而是"站在高处"。
　　或者，你想进行直白的场景描写。
　　电影《阳光小美女》中的一个关键的情感点，情节线如下。

全场无声，所有人都回避着彼此的目光。
节选自《阳光小美女》，编剧：迈克尔·阿恩特（Michael Arndt），2006年。

扩展你的场景时要选择那些搅动观众情绪的词语。如果是恐怖片，观众应该感到焦虑；如果是喜剧片，观众应该畅怀大笑。
　　祖德·罗思（Jude Roth），我的一个客户，几乎对任何类型都能做到游刃有余。因此，我请她选一本风格鲜明的剧本并改编成几种不同类型。她选了《洛城机密》。以下是原剧本的开场。

洛杉矶天际线/日落时分/外
棕榈树映衬着樱桃色的天空，城市华灯初上。洛杉矶，一座充满无限可能的城市，一个梦想成真的地方。随着天色渐暗，三束远程探照灯的白光射向天空，来回掠过。
节选自《洛城机密》，编剧：布赖恩·赫尔格兰（Brian Helgeland），1997年；改编自詹姆斯·埃尔罗伊（James Ellroy）的小说。

"棕榈树影""樱桃色的天空""灯光闪烁""一个梦想成真的地方"，通过这些词语，编剧让我们感受洛杉矶的往日盛景。
　　如果写成不同的类型会是怎样？

## 动作 – 冒险

洛杉矶天际线 / 日落时分 / 外

一辆玛莎拉蒂在穆赫兰大道上疾驰而过。天空中闪烁着城市灯光。

飞驰的汽车掠过棕榈树影。车载音响大声放着鲍勃·西格的歌。

远程探照灯的白光来回晃动。玛莎拉蒂一个极速躲闪，险些与迎面而来的卡车猛烈相撞。

## 动画 / 儿童

洛杉矶天际线 / 日落时分 / 外

棕榈树在粉红色的天空下摇摆。城市的灯光远远地闪烁，灯光下人们在忙碌。玩具商店、游乐中心和服装店，都有人们进进出出的身影。

这是小洛杉矶，只有小朋友才能玩耍的魔法城市。一个梦想成真的地方。

夜色正降临，成千上万束探照灯开始来回晃动，将城市照得亮同白昼，精彩正上演。

## 超级英雄

洛杉矶天际线 / 日落时分 / 外

棕榈树下垂的树叶映衬着樱桃色的天空。几盏城市灯光在静谧中闪烁，突然……

碎裂声，撞击声，啪嗒声。

某个人——某个坏人——向街灯扔石头，往水泥上砸玻璃杯。

这就是洛杉矶，一个好运不再光临的城市，一个梦想变成噩梦的地方。

等等。随着夜色渐深，三束探照灯的光柱开始来回掠过。这会是什么呢？会是谁？是她吗？是的，是她！是星光女孩！

## 喜剧

洛杉矶天际线 / 日落时分 / 外

棕榈树。灯光闪烁。这是洛杉矶，一个美丽的城市。一个成就梦想的地方。除非，换句话说，你是……

诺伯特·斯库勒，世界上最不走运的倒霉蛋。诺伯特正笨拙地走着，一盏探照灯从屋顶掉落，砸晕了他。

又结束了普通的一天。

## 科幻 / 幻想

洛杉矶天际线 / 日落时分 / 外

标题：22 世纪的某天

鲜黄色的棕榈树映衬着黑莓色的天空。城市一片漆黑。

欢迎来到洛杉矶。一个仍然充满无限可能的城市。一个成就梦想的地方。

唯一的问题是：在这个城市里没有什么是真的。

随着天色渐晚，三束白光开始来回掠过城市的每一个角落。就这样漫无目的地摇摆，照亮虚无。

类型改写，祖德·罗思，2008 年。

随着你的扩写，请随意加入你的声音并为剧本带来生机。如果剧本冗长，我们总是可以在改写时进行缩减。但现在，尽管畅所欲言。

**(10)** **10 分钟练习：**

### 加入自己的声音

每次花 10 分钟，尝试不同的词来调整场景的基调，并营造恰当的氛围。

1. **喜剧片**——保持描写直截了当，甚至无趣。让幽默感来增添色彩。
2. **悬疑片**——在每个瞬间逐步建立悬念。
3. **恐怖片**——尝试在最恐怖的时刻加入诗意。这使人感到毛骨悚然。
4. **科幻片**——加入一些对于未来设备和新规则的描写，因为它们真的可以影响故事。
5. **历史片**——利用复杂的装束和低语时刻，向我们表明场景中的潜在情绪。
6. **超级英雄片**——通过强调声音和动作时刻，赋予你的场景以漫画色彩。
7. **爱情片**——在行动中注入情感。但别觉得你必须辞藻华丽。（人物可能对视时刻很久，但这一对视不一定擦出"火花"。）

**恭喜你**

通过类型设定并将自己的印记加入剧本，你已经将剧本变得更具参与感和可读性。你的书写风格越清晰明了，想要聘请你的经理和制片人就会越多。

### ■ 10 分钟小结：初稿

1. 通过围绕故事**中心意图**写剧本来完成**速写稿**。
2. 通过为次要人物和反派增加**触发场景**和**情感瞬间**来**开发故事**。
3. 通过引子和令人信服的**典型场景**使剧本电影化。
4. 通过给定**地点**感、增加**对白**、创建**基调变化**、引入**新节拍**以及使用戏的**情感动向**来推动各场戏的发展。
5. 将过长的戏**一分为二**，或更多。
6. 使用能够**呈现**发生了什么的戏来替代对白戏。
7. 借助你独特的**写作风格**来保持**基调**和**类型**的真实。

# 第六章

# 对白

**你** 可能正疑惑我什么时候才会讲到对白。是的，我有意在本书中延后探讨对白，因为我不想你在完成初稿时为一句台词而纠结。

另外，太多新编剧死磕对白本身，而不是让好台词从行动中自然产生。幸好，你先就故事和人物做出了选择。现在，你已经达成了那些目标，终于可以沉浸于对话，赋予笔下的人物绝佳的内心独白、金句或是一个完美的词语。

## 说话动机

人们交谈时——画内或画外——他们很少只是为了说话而说话。他们想借助对话达成目标或服务于特定的动机。处理对白时记住人物的动机可以让你的戏立刻变得更有意思。即使是最简单的"嗨，你好吗？"，当它服务于某个重要的附加需求时也会变得引人注意。

想象一下初次的约会。在现实生活中，动机可能只是想认识某个人并看看对方是否适合自己。但在看电影时，你想要的更多。毕竟，你没有多少机会窥探别人的背景，询问对方做什么工作以及看看他们是否喜欢你喜欢的音乐。

赋予人物不同的约会动机可以将这一场景提升到新的层级。

假设两人约会的同时……

他想要升职。

她想打听公司机密。

他想要答案。

她想要受到关注。

他想偷走她的钻石。

她想勾引服务员。

......

**10 分钟练习：**

**对白驱动的场景中的人物动机**

检查你的对白驱动的场景，确定或修改人物的动机。10分钟内锁定尽可能多的场景。

**场景**_____

**人物甲想要**_____

**人物乙想要**_____

**恭喜你**

当对白驱动导向某个目标时，原本单调的场景可能变得更加激动人心。

# 说话策略

我们现在从对白驱动的场景中知道了人物的想法，那么，他们如何既不说破又能达成所愿？如果男的问："请把你的钻石给我，好吗？"而她的回答是"等我和服务员发生关系后吧"。这就太"直白"了，坦白地说，很低劣。

所以，避免劈头盖脸地直接问，人物巧借说话策略来实现自己的目标。我们在现实生活中也是如此。无论是银行贷款还是一个玩笑，我们都通过言语操控对方来得到自己想要的东西。

我们会说笑、恭维、引诱、撒谎、询问、调情、指示、忏悔、说出真相、沉默……

现在，想象一下约会的两个人借助说话策略来实现各自的动机。关于一号约会对象，我们已经确认其动机如下。

他想要升职。

她想打听公司机密。

现在想象一下，他为了晋升而讲笑话，而她假意调情想拿到公司机密；或者，他为了升职而忏悔，她则为了拿到公司机密而说谎。这样一来，我们不仅有了两个让约会更为有趣的对立动机，还有了两个互相冲突的说话策略。

电影《木兰花》（*Magnolia*）中，身为记者的葛温奥维尔想从约会对象弗兰克身上获取信息。弗兰克为了回避真相，不断改变着策略。而她想要得到关键问题的答案，策略同样也在改变。

她的策略——追问

葛温奥维尔：我们再多聊聊你的背景……

### 他的策略——岔开话题

弗兰克：墨菲——咖啡。

葛温奥维尔：我对你的过去有些困惑。

### 他的策略——打断

弗兰克：这个还没问完啊？

葛温奥维尔：只是为了弄清楚……

弗兰克：这很无聊，没啥可说。

葛温奥维尔：我只是想把一些事情弄清楚。

### 他的策略——说教

弗兰克（墨菲送来咖啡）：谢谢，墨菲。《诱惑与征服》中很重要的一点就是"沉迷过去是阻碍你进步的重要因素。"我反复告诉听众这一点。

葛温奥维尔：这并不意味着……

弗兰克：我尝试引导学生们问自己：这么做是为了什么？

葛温奥维尔：你是在问我吗？

弗兰克：是的。

### 她的策略——扮演学生

葛温奥维尔：嗯，为了试着弄清楚你到底是谁，以及你是如何成为……

弗兰克：为了什么？

葛温奥维尔：弗兰克，我正在回答，为了弄清楚你到底是谁。

### 他的策略——诱导

弗兰克：我还有很多更重要的事情要做。

葛温奥维尔：这都很重要。

弗兰克：不见得。

节选自《木兰花》，编剧：保罗·托马斯·安德森（Paul Thomas Anderson），1998 年。

**(10)** **10 分钟练习：**

### 说话策略

检查对白驱动的场景并确定或修改人物的说话策略。10分钟内锁定尽可能多的场景。

**场景**_____

**人物甲想要**_____

**说话策略**_____

**人物乙想要**_____

**说话策略**_____

**恭喜你**

通过使用说话策略，你避免了无聊的"问答对话"——人物在此期间只是问和答。

## 美丽的谎言，残酷的事实

读者或观众往往会批评一段对白不够"真实"。作为回应，编剧通过加入一些背景故事，人物实实在在地大声喊出他的想法或感觉，让其更加"真实"或更糟。

实际上，编剧应该使用与之相反的方法。

使对白真实的最好办法是什么？让你的人物说谎。

我们都在说"善意的谎言"，只为安度每一天。

"很高兴见到你！"

"好久不见！"

"你看起来太棒了！"

"你也是！"

试想一下，如果他们如实相告？

"天啊，怎么又是你！"

"我以为自己彻底摆脱你了。"

"你看起来糟透了。"

"比你好。"

好吧，大家真正交谈的方式是什么？

实际上，说出真相的举动有时会很奇怪，我们将清晰表达出感受或真相称为"直白"。想象一下，签署离婚文件后，如果有人说："我感觉既解脱又遗憾！"或者，如果两个人在聚会上初次见面就说："你很有吸引力。我想和你有外遇！"

看到了吗？很奇怪。

但编剧处理这类谎言的好处就是让电影的对白更加有意思。人物越是绕弯子，观众揭开谜底的乐趣就越多。

　　一部爱情喜剧花了两个小时才让主人公最终说出来"我爱你"这句浓烈的、令人不自在的真心话。即使如此，对方可能会，也可能不会感同身受。

　　接下来这场戏中，被迷得神魂颠倒的男士的动机是表白，女士的动机是拒绝。男士的策略是实话实说，但女士也这样做的话，势必会伤到对方。

　　所以，女士试着**称赞**。

　　男士：我爱你。

　　女士：我喜欢你的领带！

　　她也可能**争辩**。

　　男士：我爱你。

　　女士：不，那不是爱。

　　或者**明知故问**。

　　男士：我爱你。

　　女士：你什么意思？

　　或者**说谎**。

　　男士：我爱你。

　　女士：我也是。

　　剧本中的哪些场景会因为这些善意的谎言受益？电影或电视剧的魅力缺失是不是因为你的描写过于直白？记住，人物的谎言不总是狡诈。有时候，他们说谎是出于以下目的。

　　隐瞒秘密。

　　顾及他人感受。

　　以免对方遭受负面结果的冲击。

　　保护对方免受伤害。

　　制造惊喜。

**（10）10 分钟练习：**

**说一点小谎**

写或改写展现人物隐瞒真相的对白驱动的场景。

**涉及谎言的场景**＿＿＿＿＿＿＿＿＿＿＿＿＿＿＿＿＿＿＿＿＿＿＿＿

**他们在说什么谎**＿＿＿＿＿＿＿＿＿＿＿＿＿＿＿＿＿＿＿＿＿＿＿

**说谎的原因**＿＿＿＿＿＿＿＿＿＿＿＿＿＿＿＿＿＿＿＿＿＿＿＿＿＿

**恭喜你**

潜台词，潜台词，潜台词！通过引导读者或观众发现字里行间的真相，你可以抓住他们的注意力。

# 对白游戏

　　电影的各场戏往往是力量的抗衡。人物在交谈时常常借助对话争胜，甚至最后一句话也暗示着输赢。

　　好的电影对白往往是写成一个字面意义上的游戏。游戏成就这出戏。通过玩游戏，求婚变成了绕口令。

　　莫扎特：Iram em! Iram em!

　　康斯坦丝：不，我不想玩这个游戏。

　　莫扎特：别，我是认真的。倒着说。

　　康斯坦丝：不。

　　莫扎特：快说，说出来你就知道了。说真的。Iram em! Iram em!

　　康斯坦丝：Iram—marry. Em—marry me!（嫁给我！）

　　节选自《莫扎特传》（*Amadeus*），编剧：彼得·谢弗（Peter Shaffer），1984年。

　　母子间幽默的对话——"欢迎回家"游戏——暗示了痛苦的潜台词。

　　林恩：你知道我今天做什么了吗？我早上中了宾州彩票。我辞了工作。去公园野餐，吃了一堆巧克力慕斯派，然后整个下午都在喷泉池游泳……你做了什么？

　　科尔：我在课间休息时被选为球队第一选手。我以一己之力赢得比赛，大家把我扛起来绕圈欢呼。

　　节选自《第六感》，编剧：M. 奈特·沙马兰（M. Night Shyamalan），1999年。

　　恐怖分子和警察之间的对话也变成了游戏。

　　汉斯：你打电话来真是太好了。我猜你就是那位神秘的不速之客。你可真够麻烦，你是一名安保人员？

　　迈克莱恩：哔！抱歉，汉斯，你猜错了。双倍赌注，现在形势变了，要不要再猜一次？

　　节选自《虎胆龙威》，编剧：杰布·斯图尔特（Jeb Stuart），改编：斯蒂芬·E.德·索萨（Steven E. de Souza），1987年；改编自罗德里克·索普（Roderick Thorp）的小说《世事无常》（*Nothing Lasts Forever*）。

　　《女子监狱》第二季开篇，与母亲、哥哥玩猜谜游戏的派珀得知外婆去世。在派珀意识到这个可怕的消息前，她还为赢得比赛而激动地击掌庆祝。

　　以下是杰茜卡·圣詹姆斯（Jessica St. James）写的两个版本的对白驱动的场景的前后对比。第一版以直白的方式给出信息。

**第一版**

格伦的公寓/深夜/内

格伦在电脑上查看关于玛丽莲·梦露的网站……

格伦：所以，主要有四个观点：1. 黑手党杀死玛丽莲·梦露是为了报复肯尼迪对有组织犯罪的打压。2. 罗伯特·肯尼迪在特情局和中央情报局的协助下杀了玛丽莲·梦露，因为她与约翰·菲茨杰拉德·肯尼迪的绯闻或者为了政治前途。3. 心理医生杀了玛丽莲·梦露，因为他爱上了她。4. 玛丽莲·梦露自杀。

泰德：互联网不等于事实，兄弟。

格伦：不，这些是被普遍接受的猜测——也许克里斯塔与玛丽莲·梦露有着以上某种关联……


第二版使用"游戏"。


**第二版**

格伦和泰德的公寓/深夜/内

格伦坐在电脑前，旁边放了一壶咖啡。他在查资料，没有一丝睡意。

格伦：提问，关于玛丽莲·梦露之死有哪四个被普遍接受的推测？

泰德用力挥舞着游戏手柄……

泰德：答案，我不关心，她不够性感。

格伦：约翰·菲茨杰拉德·肯尼迪觉得她漂亮就行……

泰德：背着老婆被迷得神魂颠倒，对吧？

格伦：猜测 1，罗伯特·肯尼迪在特情局和中央情报局的协助下杀了她，因为她与约翰·菲茨杰拉德·肯尼迪的绯闻影响了他的政治前途。

泰德：毫不沉迷美色。

格伦：的确如此。其他猜测呢？

泰德：玛丽莲·梦露还活着，改头换面生活在加拿大。

格伦：不，我是说被普遍接受的观点。给你个提示："在西西里岛，女人比枪还危险。"

泰德：她的教父杀了她？

格伦：再猜，托尼·索普诺。

泰德：黑手党。

格伦：猜测 2，黑手党杀死玛丽莲·梦露是为了报复肯尼迪对有组织犯罪的打压。下一个？

泰德：会不会是嫉妒的女演员干的——嫉妒让女人疯狂。

格伦：想一想男性。想一想保密者。

泰德：她的税务律师？

格伦：有点意思了。猜测 3，她的心理医生。

泰德：一个有神经病的心理医生。

格伦：一个爱上她的神经病。

泰德更用力地挥舞着……

泰德：整件事就这样搞砸了。

格伦：我们还差最后一个猜测。

泰德（讽刺地）：噢，天哪，我刚跳到了一个错误的游戏菜单——这太奇怪了，还是第一次这样。

泰德把游戏手柄扔向墙壁，手柄砸在地板上……

泰德（继续）：猜测4，她是自杀的。

格伦点头，惊讶。

泰德（继续）：你为什么关心这些？！

格伦：如果克里斯塔·博斯威尔与玛丽莲·梦露有以上某种关联呢？

节选自《最高计划》（*Project Monarch*），编剧：杰茜卡·圣詹姆斯，2009年。

第一版给出的信息足够充分，但是我们已经见过很多次这种"授课与听讲"式的戏了。第二版循循善诱，非常有趣。正如泰德一样，我们发现自己也沉浸于格伦的游戏之中。无论泰德如何拒绝，他最终都进行了合作，甚至猜对了"赛点"答案。通过这个游戏，格伦表明了他的观点，观众获得了信息，我们与故事一同前行。

无论是字面意义上的游戏，或只是力量抗衡，给对白驱动的场景注入新生命的好办法是创造一个好游戏。

## 游戏的名字是什么？

这可以是"告诉我你也爱我"，或是"给我信息""认罪"或"记住我是谁"。对你来说，给游戏起名字有助于记住游戏玩家的总体动机以及这场戏讲什么。

## 这是谁的游戏？

这场游戏的发起者往往是为了保持优势。见证他们能否最终赢得游戏是件很有意思的事情。

## 如何玩？

这是让玩家猜谜、比较故事的游戏，还是角色扮演的游戏？言语策略在这儿扮演着重要角色。

## 谁赢得了比赛，是如何赢的？

均势在什么地方被打破，为什么？思考胜者的获胜手段。是出乎意料的信息吗？也许这是一句戳到痛处的致命台词。一旦说出来，游戏结束。

**⑩** **10 分钟练习：**

**创建对白游戏**

游戏的名字是什么？ _____

这是谁的游戏？ _____

如何玩？ _____

谁赢得了比赛以及是如何赢的？ _____

**恭喜你**

通过将对话写成一个游戏，你增加了一个让读者和观众持续猜测的动力。借用动态力量抗衡，你也赋予人物关系新的深度。

# 寻找人物的声音

对新编剧来说，最常见的错误就是让所有人物听起来都一样。如果读者/观众在人物的声音中无法听到差别，那么无论这场游戏设计得多么精巧，他们最终还是会感到无聊。

幸好，这里有一个可以随时使用的对白修复技巧：为剧本选派演员。

我知道，别人告诉过你不要这么做。但如果你正为一部在播电视剧写待售剧本，你已经有了现有人物的声音，不是吗？为什么不把这一优势带到你的所有项目呢？

别真的把演员名字写到剧本上，只是在脑海中想象你的最佳演员阵容。罗伯特·德尼罗会如何说这句台词？格伦·克洛斯？杰克·布莱克？艾伦·佩吉？倾听你梦想的演员的声音，这有助于你为他们的对话找到不同的韵律、语速、节奏。惊喜的是，这甚至有助于你找到更适合人物的语言。

比如，想象一下克林特·伊斯特伍德低沉、沙哑的嗓音，"别捡那把枪"这句台词很容易变成"来吧，让我开开眼界。"

花 10 分钟去选角，你开始以全新的方式"听见"自己的人物。

**⑩** **10 分钟练习：**

**通过选角找到人物的声音**

为每一个人物选择演员。（记住，别把这写到场景描写里！）

**主人公**由_____扮演

**次要人物**由_____扮演

**反派**由_____扮演

**恭喜你**

通过心中预想演员的形象，你写出了明确的韵律、语速和节奏。当所有人物各就各位，你的剧本会让人感觉焕然一新。

## 语言

你的人物说什么语言？当然，如果你在美国写剧本的话，这应该是英语。但你的人物处在什么人生阶段或是什么职业？你可能会说是程序员、医生、足球运动员、漫画家、哲学家……

**10 分钟练习：**
**发掘人物的语言**

牢记年龄、人生阶段、职业和地区，为每一个人物选择语言。
**主人公的语言**＿＿＿＿＿＿＿＿＿＿＿＿＿＿＿＿＿＿＿＿＿＿＿＿＿
**次要人物的语言**＿＿＿＿＿＿＿＿＿＿＿＿＿＿＿＿＿＿＿＿＿＿＿
**反派的语言**＿＿＿＿＿＿＿＿＿＿＿＿＿＿＿＿＿＿＿＿＿＿＿＿＿
恭喜你
通过人物的说话节奏和语言的具体化，你强化了他们。

## 说话原则

主人公的回答是否简明扼要？他的朋友是否总是信誓旦旦？爱恋对象总是插嘴？他的孩子说话结巴吗？强力的说话原则也可以确定人物声音并使得纸面上的对白更有意思。

**10 分钟练习：**
**创建说话原则**

从节奏或人物习惯角度想一想，人物的说话原则是什么？
**主人公的说话原则**＿＿＿＿＿＿＿＿＿＿＿＿＿＿＿＿＿＿＿＿＿
**次要人物的说话原则**＿＿＿＿＿＿＿＿＿＿＿＿＿＿＿＿＿＿＿＿
**反派人物的说话原则**＿＿＿＿＿＿＿＿＿＿＿＿＿＿＿＿＿＿＿＿
恭喜你
通过呈现言语的不同节奏，你确定了人声。

■ **10 分钟小结：对白**

1. 确定对白驱动的场景中每一个人物的**动机**。他们想从对话中得到什么？
2. 为达成这一目的创建**说话策略**。
3. 为了避免过于直白，允许你的人物**说谎**。
4. 通过将对白驱动的场景变成**游戏**来进行提升。
5. 通过**选角**发掘人物**声音**。
6. 探索人物的**语言**。
7. 为人物建立**说话原则**。

# 第七章

# 改写

**你**应该早有耳闻，但是我还想强调一遍：剧本创作的秘密是改写——这个让大多数人头疼不已的概念。

我也深有体会。多年前写本书初稿时，我一直在找各种合适的动力，后来终于找到方法，完成了这件令人头疼的事。带着两个孩子，运营着一家咨询公司，还承担教学工作，我意识到用来改写的时间只能挤海绵。不过，只要我选定自己要改的专项内容，那些"忙里偷闲"的时间就足以完成既定任务。

所以，以下是一些有助于你改写的工具和方法。目标就是找到一个足以改善剧本的东西或某个卓有成效的专项来改写。当你找到它后，对症改写剧本，需要多少时间就投入多少时间。1小时——6个10分钟就可以带来很大不同。

我们将在你的剧本上盖上一系列改写"通行证"。我们从宏观入手，查看全局问题，然后逐步深入，直至处理剧本的细枝末节。别觉得你必须处理这里所说的所有专项改写。本章只给你提供一些你可能用得着并且能让剧本变得更好的检验工具。

## 概念

让我们从头仔细看看你的剧本，从主要创意开始。写初稿时，你应该在最先提出的大创意——你的概念的基础上建构故事。还记得那个绝佳的创意是什么吗？很好，那你是否坚持在其上建构故事呢？

如果有读者表示他没有"看懂"你的剧本，或觉得你的剧本不值得拍，这也许是因为你的剧本没有兑现自己的概念。你拿出了一个好创意……然后又背离了它。

比如，如果你的故事前提是"一个人会飞"，但是你没有写一些重要的飞行时刻，或展现超能力如何影响主人公的生活，那你就浪费了自己的"高概念"。

即使你的前提不是"高概念"的，也应在整个剧本中遵循。《贫民窟的百万富翁》探讨了很多跨越多年的问题，这些问题带着主人公回溯一系列险境。但它总会回归故事的核心前提："如果一个孩子的贫民窟成长经历帮助他回答出了百万奖金的电视节目的问题，会怎样？"

《对话尼克松》（*Frost/Nixon*）是一部讲述具体事件的"小"电影：水门事件后，大卫·弗罗斯特与尼克松的访谈。但我们始终感受到这一事件的重要性，因为整部电影建立在以下这个问题上，即："如果记者和前总统的声望因一次电视访谈得以建立或破坏，会怎样？"

影片从未离开这个概念，结果就是风险始终都在并且张力持续走高。

以下是一些保证创意占据核心位置的方法。

## 引出概念

你可以将大创意留到第一幕结尾，但在此之前至少应为观众做好铺垫。这个创意也许是一个基调引子，也许是神秘或超自然的事件，甚至可以是我们从人物的行动中看出他应当吸取什么教训。想一想《生活残骸》（*Trainwreck*）、《土拨鼠之日》（*Groundhog Day*）之类的影片，片中人物的缺点很明显，足以让我们对影片随后的"高概念"的深刻教训做好准备。

## 通过幕间确立概念

大家没有"看懂"你的创意，也许是因为你没有在第一幕结尾处确立它。偶尔的直白没问题。清楚地表现发生在人物身上的事情以及他需要做什么，这与直白不是一回事。

## 创作特定概念的典型场景

让我们回到飞人那个例子。他的世界是天空。天上发生了什么酷炫、视觉化、天空专属的事情？如果你的概念将主人公丢到一个新奇的领域，务必加以利用并为我们呈现出前所未见的典型场景！

## 利用概念激发中间点事件

如果飞人很少有时间回到地面，那他的家庭生活会遭受困扰，这可以导致情感的中间点事件；如果飞人的超能力被劲敌发现，他的秘密也公诸于世，就可以导致一个更大的中间点事件；如果飞人撞到树上并且断了腿，甚至还有另一个中间点事件需要处理。底线是：你的大创意是中间点事件的催化剂。如果影片中段的问题与核心前提没什么关联，那就有问题了。

## 在第三幕检验概念

实际上，剧本中的其他时间可以并且也应该检验概念，但大的考验在剧本结尾。反派有没有与主人公在空中较量？主人公是否必须向他的爱人证明飞行与生活可以加以平衡？别只是把你的大创意放在电影结尾，你应该将它转化为最后的障碍！

## 在剧本结尾与你的概念和解

大创意滋养着你的电影故事。它历经尝试、运用和检验。在剧本的结尾，要确保这个概念被完全实现。一切未必都以快乐收场，但如果故事仍悬而未决，读者会放弃，观众会抱怨。《暖暖内含光》（*Eternal Sunshine of the Spotless Mind*）是一部基于"失忆"的"高概念"电影，这一概念在剧本结尾已经被彻底检验，概念得以完全实现，但是没有让人感觉到满意的总结。

好吧，再次回到飞人这个例子。假设我们正处理一部讲述飞人的影片，这个飞人有一个缺点：恐高。概念验证会揭示以下信息。

在影片开篇引出这个概念，特别恐高的飞人在一个场景中被困在摩天轮最高处。

在第一幕结尾确立这个概念，在狂欢节上赢得一个奇怪的奖项后，醒来的飞人发现自己后背长出了一对翅膀。

在第二幕展现典型场景，胆怯的飞人不情愿地飞行，撞到很多建筑物，搅得城市一片混乱。

在中间点为这个概念增加新的元素，这个城市决定将飞人树立为新的超级英雄——大家没有意识到这是一个错误的选择。

在一场戏中挑战这个概念，其中主人公必须在城市飞行来寻找并拯救他女儿那失踪的小伙伴。

在剧本的结尾，当之前胆怯的男人"克服恐惧"在夏令营施展他的飞行能力，鼓舞孩子们和成年人时，这个概念被完全实现。

**(10)**

### 10 分钟练习：

### 概念检验

以下练习可以让你的剧本进行"概念检验"，确保你的大创意击中关键点。如果你的剧本没有通过检验，就回顾剧本，如果有必要，修改！

在开篇引出概念＿＿＿＿＿＿＿＿＿＿＿＿＿＿＿＿＿＿＿＿＿＿＿＿＿＿＿＿＿。

在第一幕结尾清楚地确立概念＿＿＿＿＿＿＿＿＿＿＿＿＿＿＿＿＿＿＿＿＿。

在第二幕使用典型场景展现概念＿＿＿＿＿＿＿＿＿＿＿＿＿＿＿＿＿＿＿＿。

巧用概念激发中间点事件＿＿＿＿＿＿＿＿＿＿＿＿＿＿＿＿＿＿＿＿＿＿。

在第三幕检验概念＿＿＿＿＿＿＿＿＿＿＿＿＿＿＿＿＿＿＿＿＿＿＿＿＿。

在剧本结尾完全实现概念＿＿＿＿＿＿＿＿＿＿＿＿＿＿＿＿＿＿＿＿＿＿。

### 恭喜你

*通过回归最初激发你写作热情的创意，你强调了你的剧本的独特性。*

# 世界

剧本的世界极为重要，尤其是电视剧，它可以是我们从日常提取的世界。当制片人问你关于剧本的世界时，他们可不只是说地理上的世界。他们想要知道这个世界的规则，以及你为人物构想的地方看起来是什么样子。

## 新常态

你的世界的新常态是什么？在医院的世界中，是否经常能看到护士做着医生的工作？发生在教堂的故事片，是否经常能看见神父赤手空拳打架？在你设想的高中，啦啦队长是否和动漫书呆子一起吃午饭？如果你是这般构想的，那就呈现它。

## 权力动态

谁主宰这个世界？是工人，帮派，还是学生？

## 语言

这个世界的通用语言是什么？是资本，体育，还是科学？

## 基调

这个地方的基调和氛围是什么？也许是无处不在的危险，或是空气中弥漫着爱意，或是你可以感受到的恐惧。

**（10）** **10 分钟练习：**

**世界构建**

快速定义世界的规则。然后，将这些规则植入各个场景。

**新常态**
这里时常看见_____。

**权力动态**
这里由_____主宰。

**语言**
这里的**语言**是_____。

**基调**
这里的**基调**是_____。

**恭喜你**
通过将世界规则应用到各个场景，你为人物关系带去了新的动态，为对白建立了语言并改变了基调。

# 结构

所有编剧都特别害怕听到他们需要检查结构，因为他们觉得这意味着要从第一页重写。其实没有必要重写，只需要回到你用来开发初稿的那些工具。它们有助于你"看见"蓝图。用它们可以检查你的结构，或重新规划故事路线。

## 结构表改写

记住，结构表只是一些借助幕间将剧本拆分成多幕以及建立起这些反转的关键事件的列表。现在，查看结构表并对照初稿。你是否切中自己计划的幕间？是否包括了预期的事件？希望你的剧本比最初的结构表更好。但如果这份结构表看起来比你写的剧本更为紧凑或更令人激动，你就发现了需要改写的点。

你用结构表进行一些结构改写，却不用担心被意外的连锁反应压垮。

假设我们正在写一个关于罗萨·帕克斯的故事。我们都知道正确讲述她的故事应该包括这个事件：罗萨拒绝把公交车座位让给白人。我们称它为反抗事件。但是，我们将这一事件放在何处的决定彻底影响着结构。

假如反抗事件出现在影片第三幕的结尾。那么，剧本就像是经典的传记片。我们得以见证罗萨的童年，她在成年后建立的关系，不满种族主义影响她的生活，最终，她奋起反抗。

| 童年 | 成年 | 种族障碍 | 反抗 |
|---|---|---|---|
| 第一幕 | 第二幕 A | 第二幕 B | 第三幕 |

但是如果我们的成稿和传记结构让观众感觉起来太慢，想要更快的节奏呢？

这时，使用结构表向前移动事件，然后看看会发生什么。

| 童年 | 成年/种族障碍 | 反抗 | _____?_____ |
|---|---|---|---|
| 第一幕 | 第二幕 A | 第二幕 B | 第三幕 |

将这一事件移动后，我们发现必须把第二幕 A 和第二幕 B 中的事件整合成一个部分。为了达成这一点，我们将深入剧本，删掉那些可能重复的时刻——情感上或身体上的时刻，然后将剩下的内容压缩到一幕。

使用结构表来移动事件的位置也向我们展现了将出现一个潜在的故事空白：第三幕。

这是一个机会，而不是问题，因为它给了我们更多的故事空间。反抗事件的提前，让我们可以使罗萨·帕克斯展现个人的和政治的后果。这样一来，故事就会更宏大和丰满。并非用整个故事记录她走向这一事件的生活，而是在一部电影中展现了该事件的前后。一切都是通过移动这四列表格中的词汇得以完成的。

| 童年 | 成年/种族障碍 | 反抗 | 后果 |
|---|---|---|---|
| 第一幕 | 第二幕 A | 第二幕 B | 第三幕 |

**⑩ 10 分钟练习：**

### 结构重塑（一）

为了测试剧本结构的新选择，花 10 分钟时间改变你的结构表。

1. 通过移动结构表上的关键事件来压缩或扩展你的剧本。
2. 一旦事件被移动，注意你需要压缩故事的地方。
3. 一旦事件被移动，你还要注意需要增加故事的地方。

**10 分钟练习：**
**结构重塑（二）**

以结构表为指导，在每一个场景或段落上花10分钟敲定用来建立新结构的故事选择。
1. 深入剧本并通过删除情感上或身体上重复的时刻来压缩事件。
2. 通过增加现在缺少的设定或者不存在的结果来填充新结构产生的故事空白。

**恭喜你**
结构改写是场大改动，但结构表能帮你聚焦那些需要压缩和扩张的地方。花时间修改你的结构——如果需要的话——可能是你为这个剧本做的最好的事情。

# 故事

这份初稿的故事是不是你想要讲的？读者有困惑并认为文不对题？有时候，无论剧本有多么完美的格式，多么优秀的结构，或者多么出色的遣词造句，但故事就是多次让人出戏。不应该啊！创意有了，人物塑造完整，场景描写专业，等等。但故事各部分……好吧，没有拧成一股绳。

有时候，你在写作剧本时的确会偏题或遗漏核心信息。这时，应该检查节拍，让故事清晰起来。

我们将通过逆向写作完成这一检查。

## 逆向压缩故事

你可能已经发现线性的写作或故事检查方式导致自己每次都卡在同一个地方。正向的叙事有时候会无聊，也不适合所有人。所以，为什么不采用逆向方法来检查你的故事？

首先，以下是之前推荐过的八段结构（正向）的快速学习。

1. **人物缺点**触发**冲突**。
2. **冲突**触发**问题**。
3. **问题**触发**策略**。
4. **策略**触发**情感事件**。
5. **情感事件**触发**重要行动**。
6. **重要行动**触发**失策**。
7. **失策**触发**争斗**。
8. **争斗**触发**终极挑战**。

实际上，我们可以使用这一结构来逆向检查故事，看看它是否如你设想得那般紧凑和有意思。

**（10）** **10 分钟练习：**

**逆向节拍检查**

逆向检查故事每一拍中的因和果，回答以下问题。

8. 反派势力带来的情感上或身体上的终极挑战是什么？

7. 什么样的争斗触发了这个最终挑战？

6. 什么样的失策触发了这一场争斗？

5. 主人公采取了什么重要行动触发了失策？

4. 什么情感事件触发了主人公的重要行动？

3. 什么策略触发了主人公的情感事件？

2. 什么问题触发了策略？

1. 缺点驱动的什么冲突触发了问题？

**恭喜你**

通过逆向叙事，你增强和明确了因果关联。

我采用反方向方法检查了《贫民窟的百万富翁》，它完全经得起考验。在此期间，我也惊讶地发现兄弟间的关系很大程度上推动着电影的发展。

《贫民窟的百万富翁》反向节拍检查如下。

8. 反派势力抛出的情感上或身体上的终极挑战是什么？

他必须答对《三个火枪手》的问题，只有这样才能赢得百万奖金和心爱的女孩。

7. 什么样的争斗激起这个终极挑战？

他在《谁想成为百万富翁》的节目上只剩下最后一道题。

6. 什么样的失策导致不得不奋力一搏？

心爱的女孩被坏人带走后不知所踪，他希望上电视节目能引起她的注意。

5. 主人公采取的什么重要行动导致失策？

他跟随哥哥，但他哥与坏人为伍并且想抢走他心爱的女孩。

4. 什么情感事件促使主人公采取重要行动？

他们逃出了人贩子的魔爪，贫困的兄弟俩相依为命。

3. 什么策略引发了主人公的情感事件？

他们以诈骗、偷窃、说谎为生。

2. 发生的什么问题触发这个策略？

他是一无所有的孤儿，只能跟紧自己的哥哥。

1. 缺点驱动的什么样的冲突产生问题？

弟弟跟着哥哥，却在自己的偶像歌星面前遭到哥哥的羞辱。

在接下来的次要情节、选择和揭示等部分的专项检查中，你会找到一些可以将你的剧本提高一截的通用方法。你应聚焦其中一个可能改变你的故事的专项检查，所以仔细斟酌吧！

**10 分钟练习：**

**次要情节改写**

在你的场景列表中，通过给每一段落增加一个或两个关键的场景建立或扩充次要情节。

**恭喜你**

你充实了故事并且可能给予了它所需的额外层次。

**10 分钟练习：**

**选择改写**

通过一个重大抉择来表现人物情感转折点。

**恭喜你**

电影就是一系列选择。通过呈现那些做决定的时刻，你让观众置身于关键的转折点。

**10 分钟练习：**

**揭示改写**

如果你的转折点依赖一个揭示，人物如何达到那里？她是否只是想起来了？如果是，试着以人物的行动替换想法；一定有某些事发生才会引发回忆。她是否被告知了这个信息？如果是，用人物主动发现来替换被告知。可以借助线索、技能等。

**恭喜你**

你在呈现，而非告知。你通过引导我们一步一步发现秘密来建构故事。

**10 分钟练习：**

**包袱改写**

记住那些出现过的动作、主题和笑话。别忘记那些包袱！查看整本剧本。无论你在什么地方建立人物的新信息，找到"匹配"场景，在此抖出包袱。如果没有匹配的场景，那就写一场，或者完全删除该信息。

**恭喜你**

通过挖掘剧本中的好东西，你正在重建故事。你没必要掘地三尺，因为它就在那里！

# 场景

现在我们开始讲具体细节：针对场景处理的改写。编剧们倾向于先对付场景中较小的时刻，但有时候一开始需要回答的就是全局问题。这就是我们为什么先从讲述故事的场景开始，然后再讲述这个故事。

场景讲述故事。就场景自身而言，它们都讲着自己的故事。放在一起时，它们讲述另一个故事。逆向排列时，又是新的故事了。以下问题导向的检查列表帮助你决定是否保留、删除或修改某个场景。

**10 分钟练习：**

**各个场景的故事检查（保留、删除或修改）**

当你回答这个列表时，务必诚实面对自己。保留那些你觉得回答了以下一个或多个问题的场景，修改那些需要证明自己价值的场景，删除那些无法回答以下任何问题的场景。

1. 场景是否提供了新的信息？
2. 场景是否包含新的情感？
3. 场景是否将整个段落连接在一起？
4. 场景是否包括一个推动故事发展的难忘设定？
5. 场景是否带给观众新的见解？
6. 场景在正确的位置吗？
7. 场景是否围绕其主要目的运行？
8. 场景是否讲述它自己的故事？

**恭喜你**

你完成了场景价值评估这项艰难的工作。即使是你偏爱的某一个场景，也有可能拉低你的剧本质量或误导读者。如果修改或删除它，剧本则会受益。

## 场景讲述各自的故事

编剧咨询我时，我发现自己经常问他们的关于场景的问题是："这里你想讲什么故事？"

某个场景本身可能会突出人物的原则或展现精彩的设定，但如果读者或观众抓不住这场戏讲述的故事，这就依然不够。

所以，我要对你说：如果场景被误解，或内涵没有被领会，或是一些人的理解与你的预期完全不同，问自己我提到的这个问题，并做出相应的编辑或改写。如果你需要提醒自己这个场景的最初意图，重新检查场景列表或速写稿。

## 新意

虽然找到场景的"新意"特别简单，但在我看来，这是你可以采用的最有效的改写思路。通常，剧本的类型迫使我们按常规套路去写。毕竟，我们很少看到法庭片没有审判，爱情喜剧没有吻戏，或体育片没有冠军赛。但这不意味着你的庭审、吻戏和比赛与其他人的戏看起来、听起来或表现得一模一样。

让我们以一场审问场景为例。我们总是倾向于在这类戏中看到同样的事情：一间严肃的房间，悬挂的灯泡，双向玻璃。意识到这点，我们可以简单改变设定来找自己的"新意"。审问有没有可能发生在洗手间、公交车或是游乐场？

我们也倾向于在一场审问戏中看到相同的人物：警察和嫌疑犯。但如果我们让这场戏发生在孩子和家长之间会怎么样？出租车司机和老妇人之间呢？女服务员和顾客之间呢？

最后，我们差不多可以预测这场常规审问场景的对白。警察指控，嫌疑犯否认。但如果嫌疑犯质问警察会怎么样？如果警察向罪犯认罪呢？如果警察打谜语呢？如果嫌疑犯开始唱歌呢？

在电影《冰血暴》（Fargo）中，审问戏具备新意，人物是身怀六甲的警察玛吉和笨拙的汽车经销商嫌疑犯杰瑞。地点是杰瑞的办公室，对白也吸引了我们的注意，因为彬彬有礼显得滑稽。当杰瑞开始慌乱时会说"该死的"和"见鬼"，当玛吉斥责他时，是提醒他："你没必要和我急眼。"

在电影《追凶》（Brick）中，对白是有意写得有点罪案片的俗套，但这里的新意是诘难发生在校长办公室。

校长：你帮了我们大忙。

布兰登：没有。我把杰瑞交给你是想看他吃苦头，不是想看你占便宜。

校长：好，很好的口才。

布兰登：《速成英语》。卡斯普里兹克老师。

节选自《追凶》，编剧：里安·约翰逊（Rian Johnson），2005年。

无论是传统的审问戏在人物和地点上的新意，还是校长/学生的常规套路在对白上的新意，重点是一样的，我们关注它的原因是它与众不同。

(10)　**10 分钟练习：**

**寻找新意**

通过寻找新意改写常规场景。尝试以下方法。

**常规场景**＿＿＿＿＿＿＿＿＿＿＿＿＿＿＿＿＿＿＿＿＿＿＿＿＿＿＿

**地点新意**＿＿＿＿＿＿＿＿＿＿＿＿＿＿＿＿＿＿＿＿＿＿＿＿＿＿＿

**人物新意**＿＿＿＿＿＿＿＿＿＿＿＿＿＿＿＿＿＿＿＿＿＿＿＿＿＿＿

**对白新意**＿＿＿＿＿＿＿＿＿＿＿＿＿＿＿＿＿＿＿＿＿＿＿＿＿＿＿

**恭喜你**

你以全新的方式翻新了常规场景。虽然它包含着必需的类型节拍，但没有人看了你的剧本说："这我看过了。"

# 人物

有时候，你在故事上花了很多心血，而你真正需要的却是塑造人物的新方法。因为主人公驱动你的故事发展，你要仔细检查是否需要这项改写。

以下，你将找到一些改变人物或磨炼他们的方法。我想给你尽可能多的选项，所以你可能会发现有些方法彼此矛盾，请选择最适合你的人物和项目的方法。

## 人物焦点

也许你的主人公还不错，但他正迷失在自己的电影中。主人公不必过分用力来博取关注。你只要找到让摄影机对准他的方法即可。

**10 分钟练习：**

**聚焦主人公**

找到主人公需要更多关注的场景，然后尝试以下方法。

1. 人物反应：即使他没有处于某个场景的核心事件，也要通过脸部表情呈现他的反应。

2. 人物结束场景：以主人公的行动或情感结束场景。

3. 人物主导：在主人公被团队围绕的电影中，修改影片或试播集后半段的场景，让他显现出领导力。让主人公去发现，提出新的想法，等等。

4. 人物解决问题：在剧本结尾主人公没必要事无巨细，解决一切——这是他聚拢了一群帮手和支持者的原因。但至少要让主人公完成关键一步。

**恭喜你**

你将主人公推到了舞台中心，并在这一过程中给予了他所需的支援。

## 人物共情——你我皆凡人

让读者站在主人公这边很难？竭尽所能展现他抱小孩和救猫咪？以下是一些或许能让你感到一丝轻松的消息。你的工作不是让主人公讨喜，而是让观众共情。这二者之间有巨大的差异。

我可以给你的最好建议是停止尝试。你一定见过派对上那个想让所有人都喜欢他的人，他说着俏皮话，频频插话，让自己成为派对的焦点。我们讨厌他，对吧？所以，别把你的主人公变成那样的人。他不一定要妙语连珠，他也不一定总是有大动作的人。

想象一下传统的领导者。过去，由比如盖瑞·库珀这种不张扬的方脸演员扮演。现在，由诸如乔治·克鲁尼这样冷静的方脸演员扮演。这类领导是风暴中的平静力量，是纷乱中的正派男人。

聚焦主人公。但让其他人物被他吸引，而不是去乞求关注。

**10 分钟练习：**

**你我皆凡人**

找到主人公需要更多展现平凡人特质的场景，并尝试以下建议。

1. 删减他的演讲或演说，用高明的评论代替。

2. 激起他周围的疯狂，无论是极端事件还是怪异人物。

3. 聚焦主人公面对这些时刻的清醒、平静的反应。他是快乐，还是困惑?

4. 通过限制主人公的行动让他脚踏实地。让他在戏中做重大选择。

**恭喜你**

"少即是多"也适用于你的主人公。通过吸引而不是强迫让观众喜欢他，这是让他成为故事中最具魅力之人的秘诀。

## 人物定义——让你的主人公变得更糟糕

想在电视剧里找到完全招人喜欢的主人公几乎不可能。托尼·索普诺、沃特·怀特、德克斯特、护士杰姬，《权力的游戏》的这些人物，是药物滥用者、骗子、毒贩和杀手……但我们每周追剧，看着这些人实现我们对放弃责任、铤而走险和报仇的幻想。

这里的经验是——别担心把你的主人公变坏！凸显他的缺点，一上来就给他一个不得不赴汤蹈火的理由！《副总统》中的赛琳娜·梅耶是自私的权力追逐者并且不善社交，但编剧致力于塑造她的威严，结果是这部剧很有意思。

提利昂·兰尼斯特是《权力的游戏》中不被认可的侏儒，他是个愤怒的酒鬼。尽管如此，我们依然支持他。

绝大多数时候，我们的确喜爱主人公，即使他有很大的缺点。在故事片中，如果主人公真想走出自己的处境，通常采取改变自己的方式。在电视剧中，我们和主人公有足够的相处时间，所以，我们能够目睹推动主人公做出不招人喜欢的选择的所有的人和情况。我们自己不会做这些事情，但我们表示理解和同情。

有时候，直到影片结尾主人公也不招人喜欢:《社交网络》中记仇的马克·扎克伯格,《夜行者》中势利的摄影师，以及《青少年》中自私的作家，都是缺点很大的人物，他们绝大多数时间都很坏，但我们也会站在他们那边，因为他们拼尽全力去实现各自的目标。

所以尽管去写，让你的主人公变得更糟糕。如果你这样做，你的剧本也许会更加有意思。

(10)
**10 分钟练习:**

**让主人公变得更糟糕**

找出更凸显主人公缺点的场景，并尝试以下建议。

1. 在剧本一开始，设计一个有趣的自私选择。试想一下你自己永远不会做（但是希望自己能做）的事情。

2. 在剧本中段显现一个恼人的人物原则，一个不可能被忽视的东西。

3. 之后通过让他的糟糕特质派上用场或带给别人快乐，展现主人公糟糕之中也有可爱之处。

4. 在整部影片或试播集中，不断挑战主人公，迫使他往好的方向改变。接受或拒绝这一挑战将创建新的反转和变化。

**恭喜你**

通过塑造最有意思的特点，你创建了一个令人难忘的主人公。通过主人公的艰难转变，你也增强了故事。改变越是不可能，当主人公跨出最后一步时我们越是惊讶。

## 人物成长——发展技能

我们喜欢看人物在影片或电视剧中发展和学习。所以为什么不给他一个需要学习的具体技能，以此呈现他的成长？

在电影《朱莉与朱莉娅》中，我们支持朱莉娅，从看到她学习切洋葱就开始支持她。她在这场戏中很慢地锯洋葱，被指导她的男性同事看扁。另一场戏展现她在家愤怒地切洋葱，她的丈夫被刺激得直流眼泪。最后一场戏展现她回到烹饪班，切洋葱技术冠绝全班。三场切洋葱的戏，让我们见证了笨手笨脚的新手已发展成自信的大厨。

现在，想象一下你自己的故事。如果这是一部电影，想一想人物至少有三场戏学习新事物。这可以是身体上的，比如搏击（或切洋葱），也可以更情感化，比如学习在约会中交谈。在电视剧中，我们将看到这一技能的发展贯穿整部剧。所以，想象一下至少有三集可以展现某个技能的发展进程。

**(10)** **10 分钟练习：**

**发展人物技能**

技能发展第一阶段_____

技能发展第二阶段_____

技能发展第三阶段_____

**恭喜你**

通过展现技能发展，你实际上已经呈现出人物的成长。

## 人物特征——性别和种族

2009 年，我写本书第一版时评论："电影业是一个关于想象力的行业，但主角的新面孔毫无新意了。"六年后，我欣喜地发现这个情况正在改变。在电视行业，多元文化的演员已经成为常态，很大程度上要归功于珊达·莱梅斯（Shonda Rhimes）这样的剧目管理者，她在自己的一小时剧中起用了大量多元的人物。在电影行业，多元化进展依然缓慢，但越来越多的高票房电影由女性主演。我们看到了如《辣手警花》（The Heat）这样的女性闺蜜电影，如《饥饿游戏》（The Hunger Game）这样由女性驱动的动作电影，以及动作喜剧片《女间谍》和科幻片《地心引力》。

当然，这有赖于编剧持续推动这一改变，所以我的建议是："别等待改变，去写女性主人公。"或者给你的主人公一个我们在银幕上很少看到的种族。最初的直觉使人物尽可能大众化，但演员的经验让你的人物更加有意思。如果一个人物在生活中经历过种族歧视，他会把这一经历带入故事。

在电影《费城故事》（*Philadelphia*）中，当律师乔·米勒克看到艾滋病患者安德鲁·贝克特在图书馆遭受歧视时，他克服自己的胆怯并伸出援手。无须多言，我们知道作为非裔的乔理解安德鲁的处境。

虽然你不想过分强调女性的所有传统特征，但忽视主人公是女性这一事实也许会让剧本失去另一个层次。《沉默的羔羊》首先是一部惊悚片，但它也利用女性驱动的事实来建立独特的障碍。克拉丽斯在见到汉尼拔·莱克特之前不得不忍受狱警的骚扰。莱克特通过猜测她的香水尝试引诱她，并且她的上司在一帮男人面前故意疏远她，以从当地警长那得到更多信息。

在《杀死比尔》的打斗场景中，性别特征的原则也建立起新意。片中，"新娘"与女杀手在厨房打了起来，她们的武器是厨房里的刀具和煎锅。当她们打回到客厅，打斗一度白热化，直到校车停下来。

《伴娘》把所有关于女性婚礼前的习俗都翻了一个遍。在婚纱店的食物中毒，飞往拉斯维加斯的航班上的邻座偶遇，以及把祝酒词变成了大合唱，掺杂着一些人的荒腔走板。

**（10）** **10 分钟练习：**

**应用种族和性别**

有色人种、少数族裔或女性主人公给场景带来新东西。

展现主人公作为社会的一分子时与作为"其他人"时的不同行为原则。

当主人公人群与他被孤立为"其他"时，为他展现不同的行为原则。

从她周围人的视角出发，她在什么环境中被接受？在什么环境中被拒绝？

增加情感上和身体上的障碍，这会自然地成为人物经历的一部分。种族主义、性别差异，等等。

采取相反的策略并展现主人公在社会中应对自如或不情愿被种族或性别定义。

**恭喜你**

通过发掘经历让人物更有意思，而不是故意把他泛化。

## 人物成见——既来之则用之

正如你所看到的，当涉及人物的经历差异时，我属于"使用它，别失去它"的思想学派。这些差异可以深化人物并赋予剧本独特的东西。

涉及种族、民族和性别时，就存在可感知的差异：关于人物的假设只是因为性别或种族背景，而不是对抗读者或者观众的这些偏见，聪明的应对方法往往就是将这些成见变成技能来与之共舞。

在我的课上讲到"超越小妞电影"，我要求学生大声说出关于女性的所有负面东西。这个列表快速加长。

他们喊出"胆怯""恶毒""情绪化""八卦"……还有更多。

你可以通过建立与之相反的女性人物来完全忽略成见，或者你可以将这些显而易见的缺点转变成能力。

胆怯=谨慎；

恶毒=情感坚定；

情绪化=共情；

八卦=擅长沟通。

在《丑闻》（Scandal）中，被贴上"出轨"的标签让奥利维亚·波普在处理其他人的丑闻时得心应手。在《国土安全》中，凯莉·麦西森明显不稳定的精神状况帮助她迷惑特工。在《我本坚强》中，正是吉米·施密特的天真让她在恶劣情境下如此无畏。

**⑩ 10分钟练习：**

**以成见击败成见**

列出人物可能背负的成见，然后将它们转变成技能。

人物_____

主要人物、次要人物或其他人

成见_____

其他人的看法

能力_____

对成见的积极解读

场景_____

改写，使用新技能

**恭喜你**

通过使用刻板印象塑造人物的优势，你把柠檬榨成了柠檬汁。

## 人物成见——反其道而行之

通过采用与我们预想的完全相反的做法，人物会让我们大吃一惊。

在《朱诺》中，编剧选择反转所有人物。我们看到这些人物，自然而然地审视他们，然后编剧让他们走上完全不同的方向。

人物：怀孕的青少年。

成见：没有接受良好的教育。对她的处境感到羞耻。

剧本实际情况：能言善辩。对她的处境感到惊喜。

人物：闺蜜，啦啦队队长。

成见：难以提供支持。为朋友感到尴尬。

剧本实际情况：情感上支持，很有帮助。

人物：男朋友。

成见：好色。冷漠。

剧本实际情况：对朱诺痴迷。温和与支持。

人物：父母。

成见：生气和羞愧。

剧本实际情况：听之任之，开心。

也许人物平平是因为你自己掉进了成见的陷阱。这将是你做出反转的好机会。

**10 分钟练习：**

⑩

**反其道而行之**

列出人物可能背负的成见，然后创建全新的剧本现实。

人物＿＿＿＿＿＿＿＿＿＿＿＿＿＿＿＿＿＿＿＿＿＿＿＿＿＿＿＿＿＿＿＿＿＿＿＿＿

成见＿＿＿＿＿＿＿＿＿＿＿＿＿＿＿＿＿＿＿＿＿＿＿＿＿＿＿＿＿＿＿＿＿＿＿＿＿

剧本现实＿＿＿＿＿＿＿＿＿＿＿＿＿＿＿＿＿＿＿＿＿＿＿＿＿＿＿＿＿＿＿＿＿＿＿

场景改写＿＿＿＿＿＿＿＿＿＿＿＿＿＿＿＿＿＿＿＿＿＿＿＿＿＿＿＿＿＿＿＿＿＿＿

**恭喜你**

你为人物或潜在地为所有人物建立了新意。这可能是有助于卖出电影和电视剧的钩子！

## 人物动机和策略

你已经把人物和他们的身份安排妥当，但他们在场景中做些什么同样重要。在银幕上，我们通过人物的行动以及所做的选择"理解"他们。加强那些行动和展现出人物做出明确选择的好办法是牢记他们的动机（他们想要什么）和策略（他们实现它的方法）。

有时候，我们忘记了即使是最不起眼的人物也有目标。比如，晚宴场景中的女服务员想拿到一大笔小费，或者她只想熬过这一天。

虽然电影《撞车》（*Crash*）中有许多人物，但编剧极为清晰地呈现出每个人物在各场戏中想要什么以及如何实现目标。在一个场景中，当警察不公平地拦停一对非裔美国夫妇的车，然后开始骚扰他们时，人物被推至爆发点。

随着那些相悖的动机和策略冲撞在一起，张力飙升，情况恶化。

警察的动机：他想要体验权力。

警察的策略：他假借警用程序骚扰女性。

受害妻子的动机：她想要回家。

受害妻子的策略：她口头上攻击、身体上反抗警察。

受害丈夫的动机：他想要保护自己的妻子。

受害丈夫的策略：他默许并且向警察道歉。

菜鸟搭档的动机：他想快速解决这一切。

菜鸟搭档的策略：他袖手旁观且没有制止。

这是一个较短的场景，但充满力量，并且所有人物都因这一经历而改变。那对夫妇在被拦停前的快乐在这个场景的结尾已经烟消云散。

相悖的动机和策略也能促成绝妙的喜剧。回想一下《办公室》，所有人物在每一场戏中都有以自我为中心的动机。有人想要升职，有人想要约会，有人想要逗乐办公室所有人。这些相悖的动机和策略每周都带来令人捧腹大笑的冲突时刻。

**⑩ 10 分钟练习：**

**人物动机与策略**

为某个场景中的所有人（无论是多么小的人物）填写以下空白。

人物想要＿＿＿＿＿＿＿＿＿＿＿＿＿＿＿＿＿＿＿＿＿＿＿＿＿＿＿＿＿＿＿＿＿＿。

动机

通过＿＿＿＿＿＿＿＿＿＿＿＿＿＿＿＿＿＿＿＿＿＿＿＿＿＿＿＿＿＿实现。

策略

**恭喜你**

通过检查剧本并更好地利用人物的动机和策略，你复苏了单场的场景并且带来了强有力的个人时刻。

## 人物三角图谱

马修·里奥佩尔（Mathew Riopelle）是一个我曾有幸教过的职业编剧，他处理人物的方法是使关系三角化。这是指次要人物之间以及与主人公都有关联。比如，在《生活大爆炸》中，莱纳德与潘妮和谢尔顿分别有关联，但潘妮和谢尔顿也彼此关联。

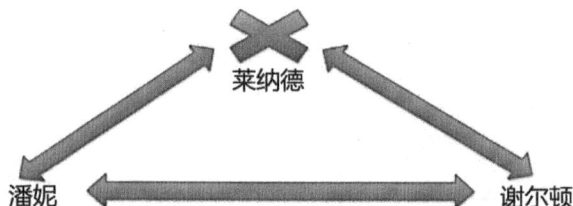

随着剧情的发展，莱纳德、谢尔顿、潘妮与朋友拉杰和霍华德之间发展出了更多三角关系。之后，编剧又增加了一个最不可能的人物：谢尔顿的女朋友，艾米。但如果仅仅是谢尔顿与艾米之间的关系，我们很快就会厌倦，所以艾米与潘妮成了好朋友，又一个三角关系形成了。

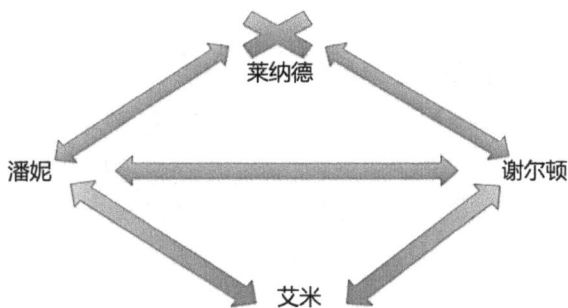

(10) **10 分钟练习:**

**形成人物的三角关系**

关于人物,问自己以下问题。

两个次要人物之间可以形成什么关系?

这一关系如何与主人公产生联系?

什么场景通过定义这些关系而受益?

这种三角关系如何引发冲突?

如何通过这种三角关系解决问题?

**恭喜你**

在电视剧中,更多的人物关联意味着更多的剧集可能。在电影中,这些人物关联可以带出主题,使故事更紧凑并为场景增加额外的冲突和 / 或解决问题。

# 对白

我在写本书第一版时,美国甲流肆虐。那时候,我收到一封来自孩子就读的小学的信,信中写道:"现在是恐慌的时候。"所以,我确实有点慌。说真的,我读过很多末世剧本,如果学校告诉我现在是恐慌的时候,我会相信!幸好,第二天他们寄来了另一封修改过的信,说他们本意是想写:"现在不是恐慌的时候。"

我想说的是仅仅一个字就可以改变一切。

修改对白时,你会发现有时候最小的改变——删除一个字或一句多余的台词——彻底改变了这场戏。接下来,我们将探讨一系列巧妙处理对白的办法,以及让说出来或展现出来的,变得更加令人信服。

## 避免画蛇添足

要避免在对白中直接呈示,虽然这在剧本中不可避免——因为编剧的工作是向观众传递信息。问题是编剧会过分地讲述那些应该被展示、已经展示过或将要被展示的东西,结果是对白听起来很假。

最小化这种"直白"呈示的好办法是找来自戏中的知识点。刚刚经历母亲去世的姐妹俩不会对彼此谈及这件事。所以，他们要如何以一种听起来真实的方式向观众说此事呢？

课堂上，我要求学生们写这对姐妹之间的对白，得从一个知识的角度来说这件事。他们要向读者/观众传递出这对姐妹失去母亲的信息。但他们不允许使用"去世"或"妈妈"这两个词。

我的学生乔斯琳·西格雷夫（Jocelyn Seagrave）写的对白如下。

安妮：那次呼吸有多长？

贝斯：什么呼吸？

安妮：她最后的呼吸。

贝斯：我不记得。

安妮：想一想。

贝斯：为什么？

安妮：我想……知道。

贝斯：那你应该早点过来。

安妮生气地看地。

贝斯：好吧！挺长的。

安妮：噢，不。

贝斯：也不是很长，有点，像是：唉……

安妮：听起来是遗憾。

贝斯：不是，我无法描述，但不像是遗憾。

安妮：很痛苦？

贝斯：我觉得不是。

安妮：但她的确很痛。

贝斯：是的。

安妮：你看吧！

贝斯：但这更像是……疼痛的另一面。

安妮：什么？

贝斯：像是……解脱。


另一个学生查德·迪茨是这样写的。

姐姐：我现在应该有什么感觉？

妹妹：我不知道，但我害怕极了。

姐姐：我也是。

⑩ **10 分钟练习：**

**避免直接呈示**

修改有问题的场景，改写对白，以便人物们清楚地知道发生了什么。通过设立不使用特定关键词的规则，避免"直白"的对白。

这个场景关于_____

观众必须了解_____

人物已经知道_____

禁用词汇_____

**恭喜你**

通过间接提及某事，而不是直接谈论主题，你避免了呈示的陷阱。你现在理解了各个场景不是信息的垃圾场。

# "完美台词"

对白编辑是最容易和最重要的检查之一。然而，我们热爱自己的文字，所以这往往是最痛苦的。很舍不得删掉"愤怒的妻子"的大声抱怨？一想到删掉"爱情宣言"独白就伤心不已？换以下方式想一想：你没有被禁言，而是得到了完美台词！

我们常常从电影中引用经典的台词，好的台词往往有隐喻。

"系上安全带。这将是一个颠簸的夜晚。"——《彗星美人》( *All About Eve* )

好台词引导你做出结论，接着就反转。

"你不太聪明，是吧？我喜欢这样的男人。"——《体热》( *Body Heat* )

有时候，好台词充满潜台词。

"我们有时候都有点疯狂。"——《惊魂记》( *Psycho* )

好台词往往以令人震惊的方式揭示人物特征。

"我喜欢清晨汽油弹的味道。"——《现代启示录》( *Apocalypse Now* )

偶尔，好台词直截了当并说出真相。

"罗宾逊女士，你在勾引我。"——《毕业生》（*The Graduate*）

有时候，额外的结束语引人发笑。

"罗宾逊女士，你在勾引我……是吗？"——《毕业生》

所以，我们到底如何写出完美的台词？

这儿有一个诀窍。删除不需要的东西是很好的方式。我们只要挖掘繁复的段落、演讲或内心独白，然后从中找出一句点题的话。

在电影《大白鲨》中，布洛迪第一次看见大白鲨。

他可以说："噢老天！这条巨大的鱼几乎要跳上甲板！我不知道这世上有什么办法可以杀死这个庞然大物。我是说，你需要一艘更大的船和更好的装备。也许从海军陆战队挑些队员，或者类似的人。没有更多支援，我们都得死！"

但他只说了："你需要一艘更大的船。"

简单。你明白这种不寒而栗。完美台词。这意味着在你冗长的段落、大段对白以及宣泄式的独白之下掩埋着完美台词。挖出来！在这个过程中，你也将给剧本瘦身并且给观众带去更好的阅读体验。

**10 分钟练习：**
**寻找完美台词（一）**

分两步编辑冗长段落。

1. 锁定剧本中的冗长段落。
2. 圈出其中真正传达要点的台词，即完美台词。

**恭喜你**

我敢打赌你不知道自己是一个多好的编剧。完美台词一直隐藏在你的独白中。用 10 分钟检查独白并圈出"完美台词"，你让剧本甩掉了唠叨、老套或冗长的感觉。

根本不知道该说什么？使用同样的练习找到你的台词。

**10 分钟练习：**
**寻找完美台词（二）**

当你被下一句台词卡住时，分两步解决这种卡壳。

1. 写出人物有可能的独白——如果此刻他被允许长篇大论的话。尽情去写。挤出人物所有的想法和感觉。

2. 别停留在这个阶段！而要从独白中找到一句台词并圈起来。这就是完美台词。

**恭喜你**

用 10 分钟围绕卡壳的台词写一段独白，再找出其中的关键台词，你就能写出精彩的对白并解决编剧卡壳。

# 格式

词汇的替换和选择能使剧本大变身。有时候，格式检查是编剧必须做的功课。接下来，你将看到在剧本中创建更多气口和针对阅读体验的改写建议。之前，我告诉过你要挑选那些适用的检查项来改写你的剧本。现在，我要敦促你完成所有这些格式检查。这用不了多少时间，也很简单，但结果却天差地别：制片人看到第 10 页就放弃你的剧本，或是给它更多应得的机会。

## 段落和空格

制片人的常见反馈是"你需要更多空格"。要说这也是一件非常奇怪的事情。空格？

实际上，这是指你的大段场景描写让剧本看起来过于密集，容易让人失去阅读乐趣。

想象一下，当你阅读大段指南，或更糟——合同中艰涩的条款时，会做什么？你会略读，对吧？这不可避免地会错过一些重点。略读就是你没有注意到儿童自行车上少个螺丝或者没有看到租赁合同中并不包括空调维修的原因。

将大块头分解成适合快速阅读的多个小段落，避免让你的剧本读者做同样的事情。

假设，剧本页面看起来是这个样子。

一旁的保镖随着一声尖叫消失了，第二个蝙蝠侠出现了。军火商们惊呆了。不止三个蝙蝠侠出现了……甚至连狗都停止了吼叫。砰！军火商们边上的越野车被炸出一个大洞。第一个蝙蝠侠端着霰弹枪走出来。众人四散开来，屋顶上随即一阵枪林弹雨，一片混乱。当军火商们听到手下尖叫，转过身来。

它也可以看起来是这个样子。

一旁的保镖随着一声尖叫消失了，第二个蝙蝠侠出现了。

军火商们惊呆了。不止三个蝙蝠侠出现了……甚至连狗都停止了吼叫。

砰！军火商们边上的越野车被炸出一个大洞。第一个蝙蝠侠端着霰弹枪走出来。

众人四散开来，屋顶上随即一阵枪林弹雨，一片混乱。当军火商们听到手下尖叫，转过身来。

节选自《蝙蝠侠：黑暗骑士》，编剧：克里斯托弗·诺兰、乔纳森·诺兰和戴维兹·S. 戈耶（Davids S. Goyer），2008年。

上例中，枪战变成了诗歌。空格让人得以喘息。在某种程度上，空格实际上是台词本身。

无声的台词。

很酷，是吧？

试一试。

**10 分钟练习：**

**场景描写分段**

每次一页，将场景描写的大段分解成多段。

1. 感觉镜头在改变时建立新的段落。

2. 感觉视角在改变时建立新的段落。

3. 允许单句成段。

4. 在打斗或追逐场景为每一个新的编排建立独立段落。

**恭喜你**

通过分解大段场景描述，你让片刻的安静存在，它提示不同的情感节拍和镜头，让你的剧本更易阅读。

## 削减摄影机描述

这些年来，剧本格式变得不再强调摄影机描述。有些编剧担心这种限制会阻止他们描写重要的镜头或角度。事实上，这给了编剧更多影像化的自由。

例如："露西的特写镜头"肯定比"露西的脸上充满怒气"的描写传递出的信息要少。

让对象变得主动是删减冗余镜头描述的关键。

再比如，可以将"蜡烛的特写镜头"替换为

闪动的烛光。

导演看到剧本中有"闪动的烛光"，他自然想要特写镜头。这样，你既助力镜头设计，又不会像是在告诉导演怎么做事。

场景描写的另一个失策是过度使用"我们"一词。实际上，我们没有身在其中，所以提及"我们"可能会不和谐。因为我们只是看见并不意味着知道在做什么。再说一次，这个问题可以通过让"我们目睹"的对象或人变得主动而轻松解决。

比如，"我们看到一把刀"可以替换为

刀光闪过。

**10**

**10 分钟练习：**

**替换摄影机描述**

1. 通过让你关注的对象更为主动来替换摄影机描写。

2. 重复，直至完成！

**恭喜你**

你将剧本带进了 21 世纪并让我们沉浸于故事。摄影机描写不再突然将我们拽出剧本。

## 场景标题处理

移动或修改标题会改变故事的节奏。但场景标题的创建并不是均等的。主场景标题通过完全重启一个场景表明身份，次级场景标题保持不变。两者的平衡能使具有多个复杂场景的标题读起来像首诗。

### ⏱ 10 分钟课程：场景标题

**主场景标题**也被称为场景说明（Slug Lines），它告诉我们内景或外景、地点和时间。

高中 / 日 / 内

**次级场景标题**也被称为小标题，指引读者前往同一场戏的新地点，无论是内景或外景以及时间。这尤其有用，如果人物突然被凶手追杀到……

教室

……逃出教室，冲进……

走廊

……穿过走廊，躲进……

学校餐厅

诸如此类。

**课程结束**

现代剧本使用的次级场景标题大有益处。如果编剧只使用主场景标题，那么以下这场戏的笑话会被打断。

威尔回头，看见俄罗斯人快速追上来。

威尔：呀。

他猛地抓起自己的背包并跟着黛茜进入另一辆车。

另一辆车内

威尔：见鬼！这人是谁？

黛茜：我真的不想谈这个。

威尔：懂了。前男友。

黛茜：不是。

节选自《最糟案例》（*Worst Case*），编剧：路易莎·马卡龙（Louisa Makaron），2015 年。

以下这个剧本片段的次级场景标题的运用让我们感觉自己也在水面上下切换。

水下

里奇盯着池底。有东西在阳光下闪闪发光，是一枚结婚钻戒。

水上

他冲出水面，大口呼吸。

节选自《失败之王》（*The Strikeout King*），编剧：杰夫·亚历山大（Geoff Alexander），2006 年。

**10**　**10 分钟练习：**

**创建次级场景标题**

使用次级场景标题可以建立更好的流畅度。聚焦那些需要保持流畅度的大段落，比如追逐戏中，派对和房间转换。

**恭喜你**

你不仅完善了场景的节奏，也升级了剧本的观感。现在，读者的阅读速度加快，故事推动他们向前。

# 元素

一个改变等于全部改写，可谓牵一发动全身。在我的改写班上，我喜欢以节选自电影《土拨鼠之日》的几场戏开讲。《土拨鼠之日》讲了一个尖刻的男人被迫循环重复某一天，直到他领悟了欣赏他人。所以，有关他的戏正是被反复重写的几场戏。

我常会讲保险销售员内德遇见主人公菲尔的那场戏。内德认出了菲尔，凑上前和他打招呼，一股脑地说出他所遭遇的一切（即使菲尔毫不关心）并想把保险卖给他。这是充满喜剧性的呈示，揭示了菲尔不喜欢这个小镇和这些人的原因，并且把内德设定为一个相当讨厌的人。

当然，被迫不断重复这一天的菲尔会不断遇见内德，这正是改写切入的地方。

改写 1：内德走过来。菲尔知道会发生什么，所以他会"猜测"，而不是被告知。

改写 2：内德走过来。菲尔把他推开，但内德却靠得更近了。

改写 3：内德走过来。菲尔冷静地朝他脸上打了一拳，面带微笑地走开。

改写 4：内德走过来。菲尔紧紧抱住他……内德退了回去。

改写 5：菲尔从内德那儿买了保险。

从这几场改写的戏中，你可以看到猜测、推、打、拥抱或买保险这些简单的行动如何完全改变了这个故事。

所以，尽管我给出了一些重要的专项检查来参考，你还是有必要关注这些小东西。在本书中，你已经关注到电影剧本的一些重要元素。改写检查只聚焦那些让你的剧本顺利通过的某一个元素。所以，检查以下某个元素：事件、人物缺点、难题、情感、娱乐、游戏目标、包袱、视点、力量抗衡、典型场景、触发。

# 整体检查

关联、平衡和专注。听起来这些术语更适合瑜伽课，但这些恰好也是描述如《低俗小说》这般激动人心的非线性影片的神奇词语。

当尝试明确表达什么适用于（或不适用）电影剧本或电视剧试播集时，我意识到自己一再使用这些词。请相信我，我在瑜伽课上从来没有这么做过。不管怎样，以下是一些剧本的通用检查，可以说是"校正"你的电影的方法。

## 关联

无论是见证人物间的白热化时刻还是意识到指纹与凶器匹配，我们都是在影片中寻找关联：我们匹配不同的影像，我们将情感与事件关联起来，我们把地点和时间串起来。作为编剧，你的工作是指引这些关联。所以，在对剧本的最后一次检查中，尝试一下建立关联。

(10)

**10 分钟练习：**

**连接各点**

通过建立关联来理顺你的剧本。

1. 把人物与他们的亲戚、朋友或世界随机地联系起来。

2. 将人物关联到某一事件，让他们因为一个共同的目标走到一起。

3. 将物件（带来好运的、象征爱情的、可以当作武器的物件等）关联到人物。

4. 关联地点，以便我们更好地理解这个世界。

5. 关联时间，以便我们感知共同的倒计时。

**恭喜你**

通过促成这些关联并让读者在剧本中发现它们，你创建了额外的惊喜，并使剧本更具吸引力。

## 平衡

当剧本感觉失衡时，一损俱损。如果剧本的建置过于繁复，结尾的一切都突然草草收尾，我们会感到很失望。如果中间点事件突然转到一个全新的故事方向，读者和观众会离你而去。如果浪漫喜剧的最后一幕突然被动作和追逐段落拖累，那么剧本正处于极速坠落的危险之中。

所以花些时间去平衡好与坏、光明与黑暗，并看看这项检查是否适用于你的剧本。

**10 分钟练习：**

**寻求平衡**

为了在剧本中找到平衡，你可以尝试以下建议。

1. 在剧本中将"类型时刻"分散设置。

2. 在电影的不同部分设置关键的典型场景，而不只是一处。

3. 平衡行动与对话。别让任何一方占支配地位。

4. 铺展或集中你的叙事手法，比如画外音和闪回。

5. 关联人物，这样你在整部影片中不会随意加入新人或放弃已经建立的人物。允许我们在前半部分遇见的人物在后半部分再次出现或抖出包袱。

6. 在第三幕回答第一幕抛出的问题。

**恭喜你**

你建立了有血有肉的故事，你的剧本没有两个项目的感觉，而是更值得一读的整体。

## 聚焦

这里的聚焦，指的是专注度：致力于一个故事创意、探索创意的方式及场景。我读过很多创意各自竞争的剧本，叙事技巧冲突，编剧不断丢入新人物，因为他不知道怎么处理原有人物。关于世界的新规则不断被建立起来，然后又被创建者自己打破。

我的精神分析几乎媲美我的瑜伽姿态，但当我遇到这般抓不住重点的项目，我会情不自禁地认为编剧不相信自己。担心剧本内容还不够丰富，编剧开始偏离主题或加入新元素。所以，"聚焦"是一个与此类剧本不相干的词。花 10 分钟看看这是不是你的剧本需要的东西。

**10 分钟练习：**

**聚焦**

1. 编辑各个场景的开端和结尾，以便它们回归场景的主要目的。

2. 删除任何之后没有回馈的对象、信息或人物原则。

3. 你或许没有足够时间交代人物的方方面面，因此要仔细检查次要人物或小人物，看看他们是否会大变身。

4. 删除某个叙事技巧。你的闪回故事可能与梦境段落相互冲突。

5. 删除决战时刻的繁复，致力于某个勇敢的、聪明的行动。

**恭喜你**

你让阅读变得更容易，还增加了情感张力。我们不再会因故事中恼人的细节而分心。

## 聚焦改写

你已经花了很多时间分析剧本并尝试进行各种改写。现在，你可以聚焦最适合你的改写，从吃东西、喝咖啡、孩子睡觉、加班等事情中抽出 10 分钟时间，不断应用你所学到的技巧。

### ■ 10 分钟小结：改写

1. 通过贯穿剧本的**概念检查**来检视你在什么地方忠实于自己的大创意进行**概念改写**。

2. 为了阐明**新常态**、**权力抗衡**、**语言**和**基调**，对你的项目进行**世界改写**。

3. 通过移动**关键事件**以及看它如何影响故事的节奏和焦点进行**结构改写**。

4. 通过**节拍检查**和**反向**来理清触发点进行**故事改写**。

5. 通过**场景故事检查**和在常规场景中找到**新意**来进行**场景改写**。

6. 通过让主人公成为场景**焦点**，确定人物**动机**和**策略**，使用人物性别和种族来增加深度，并在人物间建立**三角关系网**进行**人物改写**。

7. 通过删掉冗长的独白促成**完美台词**，以及通过定义**禁用词**来删减呈示部进行**对白改写**。

8. 通过**删除摄影机描述**，创建更多**空格**以及建立**次级场景标题**进行**格式改写**。

9. 在剧本中应用**全局检查**来实现**关联**、**平衡**和**聚焦**。

第八章

# 打磨

**本**章，我们将微调和打磨你的剧本。

通过改进台词、编辑场景，以及精简格式，你将达成剧本意图并使它更加有趣和易读。

进一步打磨格式和遣词造句也意味着更加强调基调和情绪。你的剧本读起来越引人入胜，就越有可能受到制片公司或电影厂的青睐。

我们将处理尽可能多的剧本的艺术细节。值得注意的是强调情绪的写作。是的，你的工作是讲述我们所看到的世界，但也引导我们领会那些影像的真正意思。正如我之前所说，在此我再次强调：情感+动作=故事。

## 动作线的编排

在"改写"一章，我们谈到通过向下分段增加更多空格。但是你把动作场景分解成段落或简单句后，是否只看到原来的一页现在增加到两页？

这意味着场景变得复杂。我在场景描写中不断看到这一错误。

场景描写如下。

电话响起。她听到铃声。会是谁呢？她放下手头的工作。站起来。走到房间另一侧。拿起电话。把听筒放到耳边。回答。

这可以简化成：她接听电话。

**(10)** 10 分钟练习：

**编辑复杂的场景描写**

在你的场景描写中找到复杂的时刻并尝试以下选项。

1. 删除放缓行动或平添琐碎感的额外描写。

2. 概述无须逐步分解的活动。

**恭喜你**

你有效地净化了文本，强调了需要额外关注的行动时刻并且弱化了无须过多关注的时刻。

# 打斗场景

说到打斗场景，复杂是它的一个大问题。需要记住的是这类场景讲述的故事、针锋相对的人物以及力量抗衡的故事。然后，"胜者"有权进入下一场戏。

为了讲述那样的故事并且依然保留打斗的视觉或感觉体验，考虑围绕以下元素建立或编辑你的场景。

打斗前的情绪。

打斗的基调。

方式或武器。

第一回合。

第二回合。

一方占据上风。

获胜时刻。

打斗后的情绪。

下面我们来尝试一下。

| | |
|---|---|
| 打斗前的情绪： | 眼冒怒火的戴夫发起进攻。 |
| 打斗的基调： | 他们像在竞技场的角斗士般搏斗。 |
| 方式或武器： | 赤手空拳。 |
| 第一回合： | 腹部遭到一记重拳的戴夫应声倒地。 |
| 第二回合： | 但他猛地扑向前。 |
| 戴夫占据上风： | 并且把汤姆撞倒。 |
| 获胜时刻： | 汤姆站了起来。一拳正中戴夫下巴。 |
| 打斗后的情绪： | 戴夫被打得失去意识，汤姆咧嘴笑并盯着人群，敢于接受任何人的挑战。 |

或者如下。

| | |
|---|---|
| 打斗前的情绪： | 忍无可忍的戴夫推开他。 |
| 打斗的基调： | 他们像小女孩般打架。 |
| 方式或武器： | 脚踢和拍打。 |
| 第一回合： | 被戳到眼睛的戴夫摔倒在地。 |

第二回合：　　　　　　但他猛地扑向前。

戴夫占据上风：　　　　并且抓住汤姆的头发。

获胜时刻：　　　　　　汤姆踢他的小腿。

打斗后的情绪：　　　　戴夫再次摔倒。汤姆咧着嘴笑并开心地跳起舞来，看看还有没有人敢
　　　　　　　　　　　挑战他。

**10** 10 分钟练习：

**写一个打斗场景**

围绕以下元素写或改写一个打斗场景。

打斗前的情绪_____

打斗的基调_____

方式或武器_____

第一回合_____

第二回合_____

占据上风_____

获胜时刻_____

打斗后的情绪_____

**恭喜你**

你讲述了一个权力游戏的故事，并且包含一场不至于落入复杂而变得单调乏味的打斗。在追车、斗舞、体育比赛等场景，甚至是爱情戏尝试这个公式！

# 情绪化的动作线

如果你想以言外之意讲述自己的故事，你还需要指引读者读懂剧本的情绪动态。有些编剧害怕在场景描写中写任何不直截了当的东西。我在这想说的是你的剧本还需要更多，你需要有整合情绪的强有力的动作线。

假设一个动作线如下。

她离开房间。

很好。这告诉我们她做了什么。

但看看我们一上来就加入情绪会发生什么，开门见山地向我们展现了她想要离开背后的动机。

她沮丧地离开房间。

她担心地离开房间。

她害怕地离开房间。

她高兴地离开房间。

这些词完全改变了行动的故事。

你可以为情绪词汇增加动作描写，但实际上动词本身也可以被改变。选用一个新的动词，动作描写现在变成下面这样。

她冲出房间。

她逃出房间。

她退出房间。

她溜出房间。

何时增加情绪词，何时替换动词取决于你。坦白说，两者都做也没问题。

她沮丧地冲出房间。

当我告诉编剧们这一点时，他们开始担心。他们认为描写情绪让人讨厌。错，让人讨厌的是写完全发自内心的东西——无法被呈现出来的东西。这个案例的糟糕版本看起来如下。

她沮丧地猛冲出房间，想起小时候哥哥能外出，但她却不能。嗯，她有个哥哥。他如今在哪呢？他会再打电话来吗？她的父母是否已经原谅她不出席自己妹妹的婚礼？也许她应该打个电话，或者写封信。但她妹妹的地址又是什么呢？

我真想说我从来没读过这样的剧本，但那是谎话。

当你到达下一个10分钟练习时，记住在场景描写中情绪是必要的，但要点到为止。

**⑩ 10 分钟练习：**

**创建情绪化的动作描写**

找出推动故事发展的主要动作描写。

动作描写＿＿＿＿＿＿＿＿＿＿＿＿＿＿＿＿＿＿＿＿＿＿＿＿＿＿＿

在动作描写前面增加描述性文字，以便我们理解此刻到底发生了什么。

情绪＋动作描写＿＿＿＿＿＿＿＿＿＿＿＿＿＿＿＿＿＿＿＿＿＿＿

或者替换动作描写中的动词。将动词与这一刻的情绪匹配起来。

换了新动词的动作描写＿＿＿＿＿＿＿＿＿＿＿＿＿＿＿＿＿＿＿

如果是极为重要的时刻，同时尝试两者。

情绪＋换了新动词的动作描写＿＿＿＿＿＿＿＿＿＿＿＿＿＿＿＿

**恭喜你**

情绪的使用和合适的动词有助于指引和吸引观众。可以了解到人物为什么这样做，而不只是知道他们在做什么。

# 场景的"叙事点"

因为电影剧本是"呈现，而非说出来"的媒介，有时候人们说一件事的方式比他们说什么更重要。观众会下意识地寻找来自人物的视觉线索。他们听起来是生气还是高兴？他们微笑吗？偷笑吗？他们是握紧拳头还是扔了个玻璃杯？

我喜欢称这些动作时刻为"叙事点（Tell）"。正如在扑克牌游戏中，这个"叙事点"是有人突然向观众亮出底牌的情绪时刻，它让我们知道这个场景到底在讲什么。

聚焦场景的"叙事点"——传达重要信息的潜台词时刻——可以让一个情绪深刻的场景和一个"还凑合"的场景天差地别。

假设描写一个人物与其他人发生了交通事故的场景。

停车场 / 日 / 外
露西查看几乎面目全非的汽车，并把她的驾照和行驶证递给麦克。
露西：我的资料。

为了找到场景的"叙事点"，有时候你要自问："她想说什么？"也许她想说："这都是你的错，白痴！"假设她不能这么说，我们将增加一个"叙事点"来呈现它。

停车场 / 日 / 外

露西眼冒怒火，查看几乎面目全非的汽车，把她的驾照和行驶证甩到麦克头上。

露西：我的资料。

如果你改变了人物的动机，那么她内心的声音也随之改变……"叙事点"也是如此。

现在，她眼冒怒火，把驾照甩给麦克。这样的举动合情合理，但她的真实感受扑面而来。

要是我们选择其他方向呢，露西内心可能说："撞上你的车只是想引起你的注意？"

接下来，我们以不同的"叙事点"改写这场戏。

停车场/日/外

露西贴近麦克，把她的驾照和行驶证递给他。她的指尖轻轻碰了一下他。

露西：我的资料。

"贴近""指尖碰触"这些细节让读者和观众有所察觉。幸运的是对于电影或电视剧来说，摄影机可以尽可能接近拍摄对象，捕捉最小的细节来帮助我们讲故事。

**10 分钟练习：**

(10)

**创建场景描写的"叙事点"**

给直白的场景增加"潜台词"故事。

场景＿＿＿＿＿＿＿＿＿＿＿＿＿＿＿＿＿＿＿＿＿＿＿＿＿＿＿＿＿＿

对白＿＿＿＿＿＿＿＿＿＿＿＿＿＿＿＿＿＿＿＿＿＿＿＿＿＿＿＿＿＿

人物内心想说＿＿＿＿＿＿＿＿＿＿＿＿＿＿＿＿＿＿＿＿＿＿＿＿＿＿

场景的"叙事点"＿＿＿＿＿＿＿＿＿＿＿＿＿＿＿＿＿＿＿＿＿＿＿＿

**恭喜你**

通过增加"叙事点"，你以影像呈现出潜台词。通过以动作取代言语，你也避免了"直白"的对白。

# 开关

剧本什么时候变得让人爱不释手？就是当你用引起人们兴趣的悬念结束每一个场景的那一刻。要想赋予剧本情绪并保持观众兴趣，一个简单有效的方法是用精彩的台词或行动按下这个场景的"开关"，结束这个场景。

这对电视剧来说尤为正确，因为剧集的幕间是插播的广告。如果场景结束那一刻我们没有捧腹大笑或倒吸一口凉气，我们真的还会继续看下去吗？

　　场景开关往往留给我们一个关键问题或提示即将出现的问题、困难。有时候，它们被称为场景的"气口"（Blow）或"出口"（Out）。

　　喜剧以强烈的语言或身体动作结束当前场景（比如扣篮时刻）。人物驱动的正剧以用语言或行动提出一个问题结束场景。恐怖片则以一个口头上的或实物的线索结束场景。

　　比如，通过麦克明确的反应来结束场景，我们可以给停车场场景增加更多信息。

停车场 / 日 / 外
露西贴近麦克，把她的驾照和行驶证递给他。她的指尖轻轻碰了一下他。
露西：我的资料。
迈克递上自己的驾照、行驶证以及家庭照片。
麦克：这是我爱人。

　　这句台词通过展现麦克对妻子的忠诚来结束场景，这事也好像就此打住了。

　　但要是我们想暗示露西不会这么轻易地善罢甘休呢？一个额外的语言性开关就能将故事推向不同的方向。

停车场 / 日 / 外
露西贴近麦克，把她的驾照和行驶证递给他。她的指尖轻轻碰了一下他。
露西：我的资料。
迈克递上自己的驾照、行驶证以及家庭照片。
麦克：这是我爱人。
露西拿过照片，冷淡地打量。
露西：现任妻子？

　　这个口头开关让我们意识到露西还有更多手段。
　　增加一个动作性开关，这个场景则有更多意味。

麦克微微一笑。

　　麦克的微笑显现出他的弱点并且向读者 / 观众暗示他抵挡不住露西的诱惑。
　　一个带有情绪的新的动作描写则以完全不同的方式结束这个场景：

露西：现任妻子？
麦克从她手中抢回照片。露西满脸怒色。

注意，不同的开关建立的基调截然不同。麦克微微一笑，适用于浪漫喜剧。另一个开关暗示这可能是惊悚片。有了脸部的"叙事点"——"露西满脸怒色"——我们则好奇露西接下来会做什么！

**（10）10 分钟练习：**

**创建精妙的场景"开关"**

在有利于剧本基调或有助于推动故事发展的地方增加语言性或动作性的开关。

场景_____

语言性开关_____

动作性开关_____

检验_____

开关以_____的方式推动故事发展。

开关带给读者_____的情绪。

**恭喜你**

通过加强场景的结尾，你提升了有助于推动故事发展的喜剧性或戏剧性。

# 转场

在电影剧本中，每一个场景都受上一个场景的影响。出于这个原因，推动故事向前发展的简单方法就是在上一个场景的开关的基础上开启新场景。

假设我们继续写刚刚的露西/麦克的这个场景。从上一个开关开始建立，我们可以选择一个新的场景来传达露西可能是精神病患者的信息。

办公室 / 日 / 外

麦克的同事理查德，忍不住傻笑。

理查德：我告诉过你她是个疯子。但你还是帮了她一把。老好人。

麦克：我觉得她可能会对蒂娜不利。

理查德：你反应过度了吧。

麦克：你帮不上一点忙。

麦克 忍无可忍，准备离开。

理查德：看这个。

理查德从抽屉里拿出一把手枪，递给他。

理查德：现在我帮上忙了吗?

麦克掂了掂手中的枪，若有所思。

因为上一个场景以露西的威胁时刻结束，所以我们都知道麦克和理查德在说哪一个怪人。我们也不需要交代发生了什么，因为都已经看见了。相反，我们直接进入对话场景。

值得注意的是这个场景开关能推动故事发展并产生张力。麦克正在做什么决定？他会杀了她吗？

接下来，枪这个开关将我们带到下一个场景。

卧室 / 夜 / 内

麦克的妻子蒂娜，惊讶地盯着那把枪。

蒂娜：我不需要。

麦克：安全起见。

蒂娜：我什么时候变得要带着它防身了？

我们以上一场麦克手中的枪的视觉开关开始，你能看到导演的"匹配剪辑"吗？

我们可以用开关和转场继续写下去，写成完整的剧本。所以，花 10 分钟时间做一些转场练习。

**（10）10 分钟练习：**

**转场**

为了创建更好的场景流，尝试以下转场。

1. 匹配上一个场景结尾的影像。
2. 从上一个场景对白的最后一句话接下去。
3. 回答上一个场景提出的问题。
4. 以出人意料的揭示反转上一个场景的设置。

**恭喜你**

巧妙的转场有助于你将各个场景以逻辑链串联在一起并建立起故事。

# 叙事技巧

画外音、闪回、打破"第四墙"……这些技巧被如此滥用，以至于一些编剧认定应当对其避而远之。

我对这一问题或剧本创作中任何"规则"的看法是：别太绝对。画外音是一种干扰，除非它有效。闪回感觉上有点老套，除非正确应用。换句话说，规则有其理由，但我们也要打破它。

还是感到困惑？

以下是一些指南。

## 画外音

画外音可以说出行动或对白无法传递的信息。《肖申克的救赎》中的瑞德的声音是如此有力量，而沉默的主人公却做不到。

当画外音对剧本的基调有益时就是行之有效的。《可爱的骨头》（*The Lovely Bones*）的故事由一个已经离开人世的女孩——苏西讲述。苏西说的话便暗示着她的命运，她的画外音为场景增加了一丝寒意。

有时候，画外音被增加到行动中。在电视剧《黑客军团》（*Mr. Robot*）中，画外音清楚地表达出黑客的想法和推理过程。去掉画外音，我们就只能看到人物一场接一场不停地敲打键盘。

当画外音传递出人物想说但不能说的搞笑的俏皮话时，效果也很好。《校园风云》（*Election*）聚焦一个竞选学生会主席的高傲的女学生和想看到她失败的已被剥夺教职的老师。他们彼此厌恶，但因为他们是师生关系，所以只有画外音可以表露他们的真实感受。

有时候，画外音与影像相悖时也能平添笑料。

平价五金店/白天/内
戴夫身穿印有店名的红色工作马甲并且别着一枚"有事问我"徽章，站在一箱喷漆前。他正在给一罐罐的喷漆贴价格标签。
崔西（画外音）：我想知道现在他在做什么。说不定他终于完成了他的小说。
节选自《校园风云》，编剧：亚历山大·佩恩（Alexander Payne）和吉姆·泰勒（Jim Taylor），1997年；改编自汤姆·佩罗塔（Tom Perrotta）的小说，1997年。

画外音往往以更高的目的打破传统的规则。在《告密者》（*The Informant!*）中，观众通过画外音知道了告密者的想法。画外音很少关联现实情境，但这正是重点。到了故事结尾，我们才意识到"秘密"实际上只存在于他的脑海中，一个幻想的世界能把所有认识的人拽入其中……包括我们！

## 闪回

当闪回呈现太多过往并且阻止信息通过当下的叙事自然地展现时会适得其反。
当闪回讲述某个故事或解决某一谜团时行之有效。
在《好人寥寥》（*A Few Good Men*）中，我们看到从不同目击者的视角讲述同一事件的不同闪回。最终，所有的故事交汇在一起呈现出"真相"。《公民凯恩》（我的最爱）也是如此，但它们留给观众一个清晰的想法，就是没有人物知道所有事实……只有观众知道。

闪回对于建立证据链也行之有效，比如在《罪案现场》（*CSI*）等一小时程式剧中，只听人物们说着法医术语会显得很沉闷。在他们描述的同时呈现证据会使得剧集在视觉上更有说服力，也有助于建立故事。

## 叙事技巧：讲故事的原则

综上所述，有一件事情很明确：当处理得当时，画外音和闪回等叙事技巧大有可为，因为它们有助于叙事。为了清晰地讲述故事，在使用这些技巧时你得决定遵循什么原则。你的闪回是只跟随某一个人物，还是从不同的视角讲故事？你的画外音只是说给观众听，还是也传递给剧本中的人物？一旦你为叙事技巧确立了这些原则，务必严格执行。读者和观众会感激这种专注。

**（10）10 分钟练习：**

### 聚焦你的叙事技巧

通过建立叙事原则，聚焦你的闪回或画外音。你可以从以下列表中选取或自创。

**闪回**

以多视角讲述一个故事。

闪回至令人震撼的影像，建立证据链。

呈现同一事件的不同部分，最终拼凑出"全景"，展现记忆。

人物当下正在说谎时，闪回揭示真相。

作为伏笔埋在关键的结构性时刻（引子、幕间、结尾等）。当主人公经历情绪高点时才起用。

**画外音**

由我们从未遇见过的无所不知的叙述者讲述。

由故事中的人物讲述。

由故事中多个人物以不同的视点讲述。

说给观众听。

说给故事中其他人物听。

以过去时说出，仿佛事件已经过去。

以现在时说出，与当前事件同时发生。

把人物的想法大声说出来。

传递场景的妙语。

把过往和当前事件拼贴起来。

引自某个来源（诗歌、典故、摇滚歌曲、条例等）。

在关键的结构性时刻（引子、幕间、结尾等）切入。

把剧本框住，在开端和结尾出现。

**恭喜你**

从以上列表选择某一原则——就一个原则。你聚焦于自己的叙事技巧来更好地帮助你讲故事。如此一来，你的剧本将变得条理清晰并避免令人困惑。

记住，你可以为任何叙事技巧创建这些"故事原则"：科幻段落、梦境段落，等等。使用这些技巧帮你讲故事将带来完全不同的阅读体验。

## 叙事技巧：基调变化

运用不同的叙事技巧可以彻底改变剧本的基调。给喜剧增加科幻色彩，那就是一个新的剧本。将梦境段落加到剧情片中，气氛则会改变。

是否借用叙事技巧来增加或改变剧本的基调取决于你自己。闪回段落是弱化当前时刻，还是让剧本感觉上更加视觉化和直接？只有你知道这个问题的答案。但这肯定值得花上10分钟去评估。

**（10）10 分钟练习：**

### 叙事技巧检测

回答以下问题，看看叙事技巧是有益于还是有损于剧本的基调。一旦你有了答案，要么打磨你的叙述技巧，要么删除它。

1. 叙述技巧是否让故事感觉更加直接？
2. 它是否建立了距离感？
3. 它是否让你的故事感觉不切实际？
4. 它是否让你的剧本感觉一针见血？
5. 它是否增加了叙事必需的不同的视角？
6. 它是否创建了需要被展现的次要情节？
7. 它是否回答了紧急的问题或解开了谜团？
8. 如果没有它，我们是否还能理解故事？
9. 如果没有它，剧本是否具有同样的情感冲击力？
10. 除此之外，是否有更有效的叙事方法？

**恭喜你**

通过选用或不用叙述技巧，你强化了剧本的基调。


# 人物和场景描写

"少即是多"原则可以应用于剧本创作的方方面面，尤其是人物描写。编剧往往通过描写每一个细节，急于让读者"看见"他们精心创作的人物。实际上这限制了读者的视野并收窄了选角的范围。

假设我们遇见……

瓦妮萨（25岁），金发、高挑，穿着小礼服。

　　虽然这段描写告诉我们的信息只有这么多。但在某种程度上，这也是一种限制。这段描写允许我们挑选更年轻或年长的女演员吗？黑发女孩？非白人演员？每一个细节都在对我们说"不"。更糟糕的是我们根本抓不住她的特质。她的特质是什么？摄影机对准她时该讲什么样的故事？

　　出于所有这些原因，抓住人物本质的一句话描写实际上更为有效。放弃"金发、高挑，穿着小礼服"，我们可以写……

　　瓦妮萨，妖娆而迷人。

　　现在，我们感受到了这个人物如何影响故事。另外，我们的试镜人员可以从詹妮弗·劳伦斯、詹妮弗·洛佩兹及其他人中挑选。

　　乌佐·阿杜巴（Uzo Aduba）说起她如何找到《女子监狱》（*Orange Is the New Black*）中"疯眼"苏珊娜·沃伦这个角色时，提到锁定剧本中的人物描写。苏珊娜被描写成"像孩童般天真……除了可怕之外"。注意这里没有描写她的年龄、种族，甚至她"疯狂"的大眼。这样，乌佐就能够将集天真和恐怖一身的主角展开来写。

　　当用一个小故事来描写人物时，你就抓住了读者和演员的注意力。这里的窍门是要让读者恰到好处地"看见"人物，不要太多，否则就会让人感觉你在写散文。

　　与其过度描写人物，还不如这样……

　　翠西，胆小瘦弱。
　　没有他不喜欢的果酱甜甜圈。

　　你可以给描写带来色彩……

　　眨个眼的工夫，你都会想念她。

　　这些表述都表明年龄和身体特征，但没有过多的细节。
　　房间和环境也可以用这种方式描写。

　　保罗·哈曼的大办公室，大桌子，大皮椅，墙上满是匾牌和奖章。

　　你可以替换成如下。

　　保罗·哈曼浮夸的大办公室。

　　几乎没有美术设定，更多的是赋予房间气质。

⑩ **10 分钟练习：**

**描写"人物本质"**

通过特征主导的一句话替换原有描写，以此打磨你的人物和场景的描写。

主人公的本质_____

次要人物的本质_____

反派人物的本质_____

**恭喜你**

凭借"人物本质"，你的人物带给读者最直接的印象。我们感受到他们是谁，而不只是他们的样貌。

# 本质 + 行动

如前所述，相比连篇累牍的建置，以典型的行动将人物引入剧本可以让我们更容易了解他们。给该行动增加一个本质描写，我们将立刻建立和人物的关联。

吉玛·贝尔（25 岁），不得不飞快地将螃蟹打包进稻草盒子。

节选自《小小的白色谎言》（*Little White Lies*），编剧：希瑟·拉格斯代尔（Heather Ragsdale），2008 年。

威廉，一个失意的富家公子，坐在前排茫然地盯着舞台。当交响乐队演奏出错时，他皱着眉头质疑。

坐在他身边的妻子诺琳，一个温和的女子，有着掩饰不住的美丽。她沉浸于舞台上的咏叹调。

编剧：布伦登·奥尼尔（Brendan O'Neill），2009 年。

切特，帅气的苏格兰小伙，高中毕业，拿着皱巴巴的星巴克围裙趴在桌子上。

节选自 *Gilfs*，编剧：奇普·詹姆斯（Chip James），2008 年。

以下这个例子很好地整合了地点和人物。

特别小的会议室/日/内

坐在小桌子旁的是瑞恩，西装革履的死神。

节选自《在云端》，编剧：贾森·赖特曼（Jason Reitman），2009 年。

接下来这个描写吸引到了如瑞恩·高斯林这般魅力非凡的演员。

雅各布·帕默（32 岁）从人群中显现，他是你见过的最为圆滑、潇洒的混蛋。他向她们致意，干杯（06:11）。

节选自《疯狂愚蠢的爱》，编剧：丹·福格尔曼（Dan Fogelman），2011 年。

在以下这段描写中，就是本质＋行动。

中年人埃里克，有一张粗糙的大脸，像幽灵一样站在她背后。

再加上一句强有力的台词。

埃里克：你已经死了。现在。我已经杀了你。

节选自《汉娜》（*Hanna*），编剧：塞思·洛克海德（Seth Lochhead）/戴维·法尔（David Farr），2011 年。

考虑到他实际上是 15 岁主角的父亲，这就是强有力的出场！

**（10）** **10 分钟练习：**

**本质描写 + 行动描写**

给人物出场的本质描写增加行动描写。

主人公的本质描写＋行动描写

_____

次要人物的本质描写＋行动描写

_____

反派人物的本质描写＋行动描写

_____

**恭喜你**

去感觉他是什么样的人，想像他在做什么，我们可以从人物出场那一刻就"抓住"他。

# 风格和气氛

创建剧本的风格和气氛时，用词选择尤为重要。接下来，你将看到三个剧本的开场。虽然它们都是喜剧，但"感觉"不一样。你从最初的几个词就能感受到它们对于特定类型的特殊处理。

乔伊·卡萨诺瓦（27 岁）英俊又有魅力，大摇大摆地走在纽约曼哈顿繁忙的街上，就像是约翰·特拉沃尔塔走在炎热周末的夜色中。

一名少女妩媚地向乔伊打招呼。一个老太太向他使眼色，一条小狗摇着尾巴。是的，乔伊被这个女孩看上了。

节选自《双倍或没有》（*Double or Nothing*），编剧：卡伦·内申（Karen Nation），2002年。

编剧以本质描写——"帅气又有魅力"开始，然后增加显眼的第一个动作："大摇大摆"。

另外，次要人物们的反应表明他很有女人缘。编剧的旁白"乔伊被这个女孩看上了"也建立起贯穿整个剧本的讽刺、戏谑基调。

注意：编剧对这类"提示"是有益于还是有损于剧本的看法是不一致的。我个人的感觉是偶尔为之的巧妙评论没有问题，只要别猛然让我们出戏。像"这是一个追车场景——你看了这个就无须再看其他"这样的个人旁白让人感觉轻率和偷懒。

以下是另一个喜剧案例。

黄昏时分，一群气喘吁吁的男人需要高尔夫车才能完成一场临时拼凑的橄榄球比赛，阵阵笑声回荡在破旧的球场上空。

艾伦·"萨利"·西兹摩尔是一个身着涤纶球衣的"白海象"。嘴里叼着一支没有点燃的廉价的细雪茄。他叉着腰，从四分卫位置上站起来，并把球踢向新闻记者席。

编剧：保罗·彭德（Paul Pender），2002年。

在这个剧本中，我们不只是听见笑声，而且笑声在"回荡"。场景描写不只是提到一群人；强调的是"一群气喘吁吁的男人。"艾伦·西兹摩尔不只是一个胖子，他像一头"白海象"。

第三个例子如下。

卧室/夜/内

深夜。

诺亚·莱利（32岁）睡着了，好像从来没有与人同床共枕过的样子。张开的胳膊，乱七八糟的毯子，散落的枕头。背景中，电视机在播着新闻。

编剧：卡琳·吉斯特（Karin Gist），2002年。

与其他描写不一样，这段话很直接。如同主人公，文字直率而实在，就像是与闺蜜在交谈。

我们从"好像从来没有与人同床共枕过"的描写也能让人马上感受到这个女人单身已久，并安于现状。

你可能想说观众看不到剧本上的这些文字，但我想说他们一定能看见。通过选角、美术以及阅读编剧细致入微的描写，导演和制作人员将赋予文字生命。

**10** 10 分钟练习：

### 风格和气氛

选择一个代表你作品风格的词。你可以从以下列表选取或另寻一个词。

喜剧：古怪、冷淡、愚蠢、讽刺、前卫、激进、精妙。

戏剧：充满悬念、深刻、勇敢、性感、悲伤、怀旧。

利用 10 分钟时间检查剧本，并在场景描写中使用符合风格和气氛的新的词。

### 恭喜你

通过基调和氛围的描写，你从编剧走向艺术家。

### ■ 10 分钟小结：技艺

1. **编辑**复杂的场景。

2. 围绕**关键元素**聚焦**打斗场景**。

3. 将**情绪**带到**动作描写**。

4. 在场景的"**叙事点**"展现**潜台词**。

5. 以动作性或语言性的**开关**推动故事和强化基调。

6. 使用**叙事技巧**。

7. 根据故事基调决定**运用或弃用叙事技巧**。

8. 通过使用**本质描写**来刻画人物和地点。

9. 选用那些能制造氛围的文字来强化**风格**写作。

# 第九章

# 定稿

打磨剧本意味着微调。微调意味着编辑（Edit）。

通过微调台词、编辑场景以及精简格式，你实现剧本的故事意图并使其更加有趣和易读。

记住，你的剧本不只是电影或电视剧的蓝图。它还是你作为编剧的证明，这是你的行业名片。最终，好剧本是你从"业余编剧"变身全职编剧的资本。

出于这个原因，剧本就值得再多修改一次。坚持挤出时间雕琢你的剧本。

## 类型–意图

来看一下我的学生莱斯利·劳森（Leslie Lawson）写的一个场景。阅读时，试着猜一猜编剧追求的电影类型。

一只棕色的大蟋蟀从她的肩头跳到床上。

马蒂：你从哪里冒出来的？

她伸出手指，蟋蟀爬了上去并盯着她。

马蒂：如果你愿意的话，可以待在这儿。

她拿来一个瓶盖上戳着些小洞的罐子并丢掉里面的东西。

马蒂：我想我得给你取个名字。

她把蟋蟀放进罐子，一小撮烟灰从她的袖子落到蟋蟀身上，闪着光芒。

马蒂：是你弄的吗？

当她盖上盖子，又一团烟灰落到蟋蟀身上，明亮的光再次闪现。

蟋蟀愤怒地甩掉烟灰，盯着她，跺脚。

马蒂：好吧。对不起。我不会再这么做了。

你有没有觉得是恐怖片？没有？也许这是因为它感觉更像是一部动画片。富有同情心的主人公，一只跺脚的蟋蟀——我们已经在很多卖座电影中见过这些。这恐怖吗？一点都不。

一旦编剧意识到自己没有实现预定的基调，她的编辑方向变得非常明确。她的改写如下。

她拿起一个落着厚厚的一层灰的密封罐，看了看那只像是死掉的节肢动物的东西。

马蒂：你是个丑陋的怪物，不是吗？

她轻敲罐子。那东西突然抬头盯着她，露出尖牙并愤怒地撞向玻璃罐。

马蒂：啊……

她摔倒在地，罐子也掉在地上。玻璃碎了。

这只怪物窜进黑暗的角落，消失了。

编剧：莱斯利·劳森，2009 年。

不再是富有同情心的小女孩。马蒂叫这只虫子"丑陋的怪物"。蟋蟀也变成"像是死掉的节肢动物的东西"。它不再轻跺小脚；而是"露出尖牙"。当它"窜进黑暗的角落"，我们担心它什么时候再次出现、接下来会发生什么。令人恐惧。

**（10）10 分钟练习：**

**类型编辑**

尝试以下可行的选项来编辑类型。

1. 尝试新情绪_____

比如：用恐怖替换快乐。

2. 强调词汇_____

比如：用"她跟跟跄跄地离开"替换"她离开房间"。

3. 删除段落和台词_____

惊悚片一般对话较少，喜剧片则动作线较少。

**恭喜你**

*你将各场戏改得符合类型！*

# 内容删减

以下算是一个言之有物但画蛇添足的开场。

华道夫·阿斯多里亚酒店，宴会厅/夜/内

宏大的宴会厅里足有上百张桌子，落座的宾客们身着闪闪发光的礼服。满是餐具碰撞的刺耳声响、有修养的低语，以及服务门快速关合的"呼呼"声。

音响系统发出嗡嗡声，泰勒·伯格曼（55岁，高个子，长相粗犷英俊，打着白领结，身穿燕尾服）走上讲台，站在话筒前。他身后挂着一条横幅写着大写的"祝福活珊瑚"，横幅周围是海洋主题的装饰。宾客们一个个停下来，注视着泰勒。

泰勒：大家好。在这愉快的晚宴和令人振奋的演讲后，我想借此机会再和大家说声晚安。

宾客齐鼓掌。有些人站了起来。泰勒表示难为情，然后挥手示意他们坐下。

泰勒（继续）：请大家都坐下吧。

宾客们坐下时，一阵沙沙作响。

泰勒（继续）：再次感谢你们的善意理解。我知道你们每一个人都应该受到称赞。正如我们知道的，就经济而言，这不是一个好年景，我的朋友们。我真心感激你们的慷慨。团结在一起，我们将改变世界。我们将为子孙后代创建更美好的生活。

节选自《黑池》（*Dark Pools*），编剧：卡罗尔·里亚维克（Carole Ryavec），2009年。


保持这场戏的节拍不变，进行一些删减。


华道夫·阿斯多里亚酒店，宴会厅/夜/内

宏大的宴会厅里足有上百张桌子，落座的宾客们身着闪闪发光的礼服。~~满是餐具碰撞的刺耳声响，~~ ~~有修养的低语，以及服务门快速关合的"呼呼"声。~~

音响系统发出嗡嗡声，泰勒·伯格曼（55岁，高个子，长相粗犷英俊，打着白领结，身穿燕尾服）走上讲台，站在话筒前。~~他身后挂着一条横幅写着大写的"祝福活珊瑚"，横幅周围是海洋主题的装饰。~~ ~~宾客们一个个停下来，注视着泰勒。~~

~~泰勒：大家好。在这愉快的晚宴和令人振奋的演讲后，我想借此机会再和大家说声晚安。~~

宾客齐鼓掌。有些人站了起来。泰勒表示难为情，然后挥手示意他们坐下。

泰勒~~（继续）~~：请大家都坐下吧。

宾客们坐下时，~~一阵沙沙作响。~~

泰勒（继续）：~~再次感谢你们的善意理解。~~我知道你们每一个人都应该受到称赞。正如我们知道~~的~~，就经济而言，这不是一个好年景，我的朋友们。~~我真心感激你们的慷慨。团结在一起，我们将改变世界。~~我们将为子孙后代创建更美好的生活。~~


编辑完的这场戏看起来如下。


华道夫·阿斯多里亚酒店，宴会厅/夜/内

宏大的宴会厅里足有上百张桌子，落座的宾客们身着闪闪发光的礼服。

音响系统发出嗡嗡声，泰勒·伯格曼（55岁，高个子，长相粗犷英俊，打着白领结，身穿燕尾服）走上讲台，站在话筒前。

宾客齐鼓掌。有些人站了起来。泰勒表示难为情，然后挥手示意他们坐下。

泰勒：请大家都坐下吧。

宾客们坐下。

泰勒（继续）：你们每一人都应该受到称赞。我真心感激你们的慷慨。团结在一起，我们将改变世界。

你会看到这场戏的意图保持不变。我们只是在场景描写上删除了很多混杂的细节。删除"餐具的碰撞声"或横幅，毫无损失。

我们也删除或删减了讲话内容。这是因为这场戏的重头戏是人物的社会地位和他的所作所为，而不是他说什么。所以我们删去没用的话，着重强调慷慨和改变世界的内容；这也是宾客们参加晚宴的理由。

**10 分钟练习：**

**内容删减**

检查各个场景并划掉无用的文字。使用以下列表作为指南。

1. 删除重复交代场景的文字。
2. 删除重复交代情感的文字。
3. 删除画蛇添足的文字。
4. 删除臃肿的台词，直到你获得具有戏剧性或喜剧性的佳句。
5. 删除人们相遇时的客套话。
6. 删除提供重复信息的讲话。

**恭喜你**

你清理了剧本。这不仅是一个好故事，而且读起来也很轻松。

# 故事-意图

对于一个场景的编辑来说，底线是必须以场景的故事做决定。每一个场景都在讲故事。那么哪些是讲故事必需的文字？

比如，以下是一个场景的节拍。

一个女人走进她姐姐童年的房间。

深情地看着墙上的海报。

停下来抚摸一个动物玩具。

用手翻一叠尘封的旧信。

读信。

假装和她姐姐的旧布娃娃玩耍。

找到她姐姐的旧日记。

翻看日记，然后在一段记录上停住了。

皱眉头。

踱步。

离开房间。又进入房间。

恼怒，将布娃娃砸向墙壁。

只是一个场景就塞进了许多故事节拍。所以第一个要问的问题是"这个场景的故事到底是什么"。

如果你问我，我会说这个故事讲的是……

1. 一个女人走进她姐姐童年的房间。

2. 在她的日记里发现了令人震惊的记录。

3. 把愤怒发泄在姐姐的布娃娃上。

基于这一故事，我们现在就故事节拍玩一个"保留或删掉"的游戏。

一个女人走进她姐姐童年的房间。

假装和她姐姐的旧布娃娃玩耍。

发现姐姐的旧日记。

读日记，然后停在一段记录上。

皱眉头。

愤怒，把布娃娃砸向墙壁。

我们不需要通过呈现她与海报和动物玩具的互动来放缓这场戏，看见她与布娃娃玩耍恰到好处地呈现出伤感和怀旧。我们不需要她读信件。她只需要发现日记。她的皱眉、踱步、进出房间都是过于机械的编排。相反，我们给她一个情绪化的脸部反应，然后让她的愤怒发泄在布娃娃身上——她之前假装与之玩耍的心爱之物。

**⑩ 10 分钟练习：**

**故事编辑**

查看冗长的场景并且……

1. 问自己"这个场景的故事到底是什么"。

2. 圈出讲述故事的动作线。

3. 删除余下部分。

**恭喜你**

通过你的编辑，你的各个场景更加准确地呈现出故事意图，在这一过程中你的电影或电视故事更加清晰。

# 场景

推迟进入，提前离场。这一直都是给编辑的最佳建议。但不是我提出这一点的，是威廉·戈德曼（William Goldman）。看看他的电影，他是多么擅长于此。

有时候，对一场戏进行掐头去尾是你可以学以致用的最快速和最明智的编辑方法。当冲突正在酝酿时进入场景，正当你提出疑问或增加赌注时离场。离场，在更多交谈和描写剥夺了戏的悬疑和浪漫之前，我说真的，离场！

**（10）**

**10 分钟练习：**

**推迟进入和提前离场**

如果有需要，删除一场戏的开头或结尾。使用以下建议来完成这一改变。

1. 以人物交谈开场，删除彼此的介绍。
2. 以人物电话交谈开场，删除电话铃声和"你好"。
3. 以聚会中段开场。
4. 以晚宴中段开场。
5. 以恋爱进行时开场。
6. 删除初次诱惑之后的戏份。
7. 删除打完电话的样子，只留下人的反应。
8. 删除坏消息的宣布。
9. 删除对坏消息的反应。

**恭喜你**

你成功对剧本瘦身，以此给予剧本更快的节奏。

# 综合编辑

在最后的打磨中，挤掉水分。以下是一堆细小却重要的点，值得花时间去改动或删除。

## 谁值得拥有姓名？

你给剧本中的人物命名，这表示他是值得读者追随的足够重要的人物。如果人物的职业是他们在剧本中的唯一角色，为了避免混淆，则以他们的职业命名，如女服务员、保安、空乘等。

## 电影意味着从来不必说"你好"

因为一场戏往往限制在一两个固定的场景内，人物被迫"进入"和"离场"。但电影的美妙之处就是你没必要让人们到达、问候、坐下来等放缓你的戏。你也不需要像在现实生活中离开时互道客套话。当人物离开时，别说什么"待会见"。

## 解雇前台

作为审阅数千本剧本的我来说，"解雇前台"可以成为我的自传标题。为什么？因为，在一本接一本的剧本中，我拿着红笔圈出"前台帮助主人公预约"的各种戏。

对于所有占据宝贵银幕时间（我生命中的几分钟）记下顾客点单的服务员来说，也是如此，删！

别让我看到护士的出现只是把医生带到病人面前并说"医生现在来见你。"删！

所以解雇你的前台，你会为此感到高兴。

## "顺便说……""说起……""这让我想起……"

在你的剧本中是否有很多这类短语？把它们视作对白过长的警示。删除这些短语之后的任何东西，并且在新的一场戏中提出你想要讲的主题。

## "是的""所以""好吧"

"好吧，要做的第一件事就是找到马尔斯博士。"

"是的，他知道配方在哪里。"

"所以，我们如何找到他？"

你听到这是多么糟糕了吗？删除这些词，除非你在写《史酷比》续集。

## 说出我的名字！

人物不断直呼他人大名时，听起来很假。

"迈克，我一直想告诉你一件事。"

"苏珊，什么事？"

"我一直在和别人约会，迈克。"

通篇查看你的对白，看看是否存在这个问题。有时候，这是你想要强调某句台词的自然习惯。这也是最容易完成的编辑之一。

## 好消息、坏消息

坏消息出现时，我们的想象力是最好的编剧。在人物开口之前结束这场戏，而不是展示人物对坏消息的反应。我们的想象力会弥补一切。

## 删掉配乐

我不得不说的一点是，"配乐"让人分心和出戏。试想一下，现实生活中正发生一件好事或坏事，此刻不知从何而来的音乐突然响起，你会不会觉得自己被打搅到？当音乐"盖过"一场戏时，这就是读者的感受。

好消息是当音乐源自某个声源时，你可以很具体地使用音乐。如果人物在KTV唱着《我会活下去》（*I Will Survive*）实实在在推动故事发展，那没问题，写下来。但要做好准备这首歌有可能被其他歌曲替换，如果制片人没办法拿到版权的话。

**10** **10 分钟练习：**

**综合编辑**

花10分钟尝试以下编辑选项。

1. 使用次要人物的职业对他重命名。
2. 删除人物的出场和离场。
3. 删除偷走戏份的次要人物：前台、服务生、护士等。
4. 找出令人尴尬的连词，诸如"顺便说"和"说起"。删除带有这些词的对白。
5. 尽可能删除对白中的"是的""所以"和"好吧"。
6. 删除滥用名字以示强调的对白。
7. 通过删除对坏消息的口头反应，放飞读者的想象力。
8. 删除音乐，除非它是有源的。

**恭喜你**

你完成了剧本的"读者校样"。

■ **10 分钟小结：定稿**

1. 为了保持**类型**明确，替换用词。
2. 为了清晰的阅读体验，**删减文字**。
3. 编辑各场戏的开头和结尾来**推迟进入**和**提前离场**。
4. 编辑诸如滥用的名字、习语和次要人物，没有必要的口头反应和无源音乐等细节描述。

# 第十章

# 提案

你以为自己只有10分钟不够。但在这忙里偷闲的10分钟里，你却能实实在在地完成自己的电影或电视剧试播集剧本。

你从创意开始，搭建大纲，以此为基础写出第一稿，然后再改写！故事周详，人物深刻。各个场景推动故事发展。剧本感人，易于阅读。

你完成了剧本，除非监制或制片人付钱请你再次改写。恭喜！庆祝一下，花10分钟时间做一些其他事情来调整一下——比如剪剪指甲或拥抱你的爱人。

指甲剪完了，也拥抱好了？很好。回来工作吧。我们需要完成将剧本和创意呈现给世界的准备工作。

## 保护你的剧本

如果有人花10分钟时间偷了你的剧本，那么你所有的努力可能是白忙活一场。

所以，务必再花10分钟时间去注册和获得版权。切记两者都要做。在编剧工会注册你的剧本是必须的，但它只提供书面证据，而版权则从法律上保护你的文字。

## 优化故事线

还记得来自最初几页的故事线吗？现在，你清楚地知道自己的剧本怎么样，请打磨故事线直至满意为止。你将在书面或口头提案的材料中反复用到它。

## 故事线 / 一句话梗概：四步范例

我在本书开篇建议使用"如果……会怎样？"这个问题来理清剧本的主要创意。如果你觉得故事线还需要打磨，以下是可能会帮你找到出路的其他方法（包括"如果……会怎样？"）

**⑩** **10 分钟练习：**

**故事线，四步范例**

发掘故事线#1

如果＿＿＿＿＿＿＿＿＿＿＿＿＿＿＿＿＿＿＿＿＿＿＿＿＿＿＿＿＿会怎样？

发掘故事线#2

我的剧本讲的是＿＿＿＿＿＿＿＿＿＿＿＿＿＿＿＿＿＿＿＿＿＿＿的故事。

发掘故事线#3

一个＿＿＿＿＿＿＿＿＿＿＿＿想要通过＿＿＿＿＿＿＿来实现＿＿＿＿＿＿＿。
 　　　　　　人物类型　　　　　　　　独特方法　　　　　　故事目的

发掘故事线#4

在＿＿＿＿＿＿＿＿＿＿之后，一个＿＿＿＿＿＿＿＿必须＿＿＿＿＿＿＿。
 　　　背景故事梗概　　　　　　　人物描写　　　　　故事目的

**恭喜你**

你找到了描述自己故事的新方法。

## 故事线：险境 + 情感

为你的险境增加情感潜流，制片人会感受到剧本的实质和钩子。

《复仇者联盟》的故事线如下。

地表最强的超级英雄们集合起来对抗邪恶势力，但他们先得克服各自的差异。

超级英雄的组合已经是一个强有力的钩子了，但加上"克服各自的差异"这个特别的人物驱动元素将赋予影片额外的深度。

《泰迪熊》的故事线为：一个男人与他那只会说话的泰迪熊的分手。

当然，你可以只写："一个拥有会说话的泰迪熊的男人"，但"分手"还表明了情感冲突。

## 电视剧故事线：连续剧与试播集

如果你正在开发一部原创电视剧，请注意你需要连续剧的故事线引领你前行，然后可能是试播集的故事线。连续剧的故事线是剧目的大致描述，包括即将到来的冲突。试播集的故事线是第一集的故事描述。以下是两个例子。

《纸牌屋》全剧的故事线：一个无情的政客为攫取在白宫的权力不惜威胁、引诱和谋杀。

《纸牌屋》试播集的故事线：一个有野心的国会议员被任命为国务卿后和自己的政客妻子

联手打击候选人并操纵媒体。

《生活大爆炸》第一季的故事线：高智商没能帮助四个书呆子科学家应对爱情和友情。

《生活大爆炸》试播集的故事线：当隔壁搬来一个迷人的、有志向的女演员，两个物理学专业的书呆子的生活改变了。

**10 分钟练习：**

**连续剧故事线与试播集故事线**

如果你在写电视剧，现在就区分不同的故事线。

**连续剧故事线**＿＿＿＿＿＿＿＿＿＿＿＿＿＿＿＿＿＿＿＿＿＿＿＿＿＿＿＿＿

**试播集故事线**＿＿＿＿＿＿＿＿＿＿＿＿＿＿＿＿＿＿＿＿＿＿＿＿＿＿＿＿

**恭喜你**

连续剧故事线＋试播集故事线＝印象深刻的迷你提案。

# 开发电视连续剧

如果你真的想把原创试播集扩展成一部电视剧，你必须对潜在的剧集以及至少五季的故事做到心中有数。

## 创建剧集

对于剧集创作来说，电视编剧的起点是试播集建立的东西。

1. 考验人物：记住人物的缺点和能力，将他们置于必须做出选择的情境中。他们的缺点会显现吗？这次他们会真的改变吗？他们的能力可以反败为胜吗？

2. 使用环境：从你已经创造的"世界规则"中汲取灵感，其中所建立的环境和权力动态可能触发的剧集故事线是什么？

3. 发展关系：思考推动主人公成为更好的朋友、爱人或对手的未来剧集。注意：这些剧集在逐步发展阶段把他们聚到一起，这可能需要一整集来充分发展这种关系。

4. 探索主题：从核心概念、人物和世界带来的持续存在的主题或问题中汲取灵感。主题也可以连接在没有其他任何方面的关联的故事A、B和C。

**10 分钟练习：**

**剧集头脑风暴**

使用以下选项之一为剧集创建故事线。但别为剧集写以下内容，这些只用于整剧的构建。

**考验人物**＿＿＿＿＿＿＿＿＿＿＿＿＿＿＿＿＿＿＿＿＿＿＿＿＿＿＿＿＿

剧集故事线

**使用环境**_____

剧集故事线

**发展关系**_____

剧集故事线

**探索主题**_____

剧集故事线

**恭喜你**

跳出你已经写好的试播集，你开始看到将创意扩展成一部电视剧的方法。你也有了一个可以与对此感兴趣的制片人深聊的剧集。

## 创建整季的故事发展弧

如果一位制片人要求你提交剧目的五季故事线，别绝望。首先，这个要求意味着他对你的剧很感兴趣。其次，拿出答案远比你想象得要简单。只要……

1. 创建事件：将要发生的、预期改变整剧进程或人物远景的重要事件是什么？你的剧集应该朝着这一事件构建。你的人物一直在计划或发展什么？学校事件？吸毒？抢劫？火箭发射？

2. 推动关系：让制片人知道，人物的关系在具体某一季的结尾将发展到某个具体的点。比如：婚姻关系变得紧张，朋友变成了生意上的伙伴，柏拉图式的关系变成了潜在的恋爱关系。

3. 发展主人公：主人公逐步的改变是什么？注意"逐步的"。你想要人物在情感上以让自己在下一季中发现更多的方式发生改变。但如果他改变得太快，你就无处可去了。

**(10)** **10 分钟练习：**

**创建整季的故事发展弧**

使用以下选项之一建立全剧潜在的故事线。

**事件**

第一季结尾_____

第三季结尾_____

第五季结尾_____

**关系发展**

第一季结尾_____

第三季结尾_____

第五季结尾_____

**主要人物发展**

第一季结尾_____

第三季结尾_____

第五季结尾_____

**恭喜你**

你展现了剧目可以随着时间的推移而自我发展，证明了这部剧足以持续多年。你也为制片人会议做了更好的准备！

# 剧本提案

很高兴你花了10分钟时间庆祝，因为现在你真的需要做一些功课了。任何职业编剧都会告诉你写剧本只是一个开始。现在，你得说服别人来读它，这往往以一个简短的提案开始。

你原本以为10分钟短到不足以写剧本。那现在试试完成一个"一分钟提案"。为什么是一分钟？因为制片人只有这么多时间。你和他搭同一部电梯。她在去吃午饭的路上。他约了经纪人要见。她马上要去故事开发会议。你有一分钟时间，只有一分钟，来抓住他们注意力并说服他们读你的材料。所以，你得为自己的剧本准备一个一分钟提案：一个简短、便于电话表述、口语化的故事梗概及其卖点。

为了帮到你，我创建了一个一分钟提案模板——虽然我们会逐个元素过一遍，但这真的只需要10分钟去填写。这个模板也会让你回到蓝图的轨道上，提醒你剧本的主要概念，让你重新投入你的故事。

我把你将要使用的模板拆分成了几个独立的元素。让我们花10分钟过一遍。

**片名和类型**

_____是一部_____。

　　　　剧本名字　　　　　　　　　　　　　　　具体类型

从你的片名开始品牌化。在制片人脑海中注入第一印象是绘制宏图的起点。《婚外情事》（*The Affair*）表明某种情感故事，《大祸临头》（*Catastrophe*）则表明另一类故事。

将故事类型具体化就像为绘画增加色彩。你的剧本不只是悬疑片，它可以是心理悬疑片，或者是庭审悬疑片。如果是电视剧，为类型增加细分类别极为重要。半小时医疗喜剧与一小时医疗正剧完全不一样。务必具体！

**基调**

……感觉像_____。

　　　　　　　　　　类似的电影或电视剧

把你的剧本与其他项目做比较有助于凸显类型和基调。制片人想从你正在提案的项目中得到的往往是直观感受。你没有必要拿自己的项目对比那些具有类似的故事前提的项目，而只需要对比它的基调、视野或感觉。

一些案例如下。

《谍影重重》感觉像《秃鹰72小时》。

《银河护卫队》感觉像《星球大战》。

《穹顶之下》感觉像《迷失》。

**人物**

这是＿＿＿＿＿＿＿＿＿＿＿＿＿＿＿＿＿和＿＿＿＿＿＿＿＿＿＿＿＿＿＿＿＿＿的故事。

　　　　　　　　　　主人公　　　　　　　　　　　　　次要人物 / 团体

　　电视剧编剧可以在这记一下笔记！如果你正在做电视剧提案，重要的是在介绍试播集故事之前先介绍整剧的蓝图。电视剧很少只聚焦一个人物，这正是在这儿包含次要人物/团体的重要原因。

　　如果你正在做故事片提案，增加次要人物，带给主人公互动的对象，并表明存在你可能没有时间介绍的次要情节。

　　比如，假设你描述了一个古板的警察和娇惯的黑帮妻子，仅这一个配对就意味着冲突。

　　在你的提案中，别只提及人物的名字；而应描述他们。

　　方法1：缺点＋职业。

　　《陌路狂花》（*Thelma & Louise*）变成……

　　争强好胜的女服务员和被欺负的家庭主妇。

　　方法2：全是缺点。

　　《当哈利遇到莎莉》（*When Harry Met Sally*）变成……

　　大男子主义的高谈阔论者和神经质的自以为是之人。

　　方法3：借用他们遇到的难题。

　　《菲洛梅娜》（*Philomena*）中的主要人物变成……

　　厌世的记者和寻找儿子的女人。

　　方法4：带出背景故事。

　　《第六感》中的麦克和科尔变成……

　　被病人枪杀的心理学家和被鬼魂困扰的男孩。

　　如果是一个团体，把他们描述成如下这样。

　　玩具箱的朋友们（《玩具总动员》）。

　　一伙上了年纪的亡命之徒 [《日落黄沙》（*The Wild Bunch*）]。

　　不被看好的合唱队成员们 [《欢乐合唱团》（*Glee*）]。

**事件**

　　……他们＿＿＿＿＿＿＿＿＿＿＿＿＿＿＿＿＿＿＿＿＿＿＿＿＿＿＿＿＿＿＿

　　　　　　　　　　　　　　第二幕事件 / 每周事件

　　正如你从写作中了解到的，电影中的人物不只是思考和感受，他们谋划并行动。影片第二幕是你的电影的主体，听你提案的制片人知道这一点。他们在听动词——你的人物在影片中到底在做什么以及他们怎么做。

　　在《虎胆龙威》中，约翰·麦克莱恩不只是解救人质，他发起了一场一个人的战争。

　　在《杯酒人生》中，迈尔斯和杰克不是去葡萄酒之乡旅行，他们将加州葡萄酒之旅变成了单身汉周末派对。

《十一罗汉》（*Ocean's Eleven*）不是只展现十一个人盗窃赌场金库，而是讲述一个娴熟的骗子和十个同犯一次洗劫了拉斯维加斯三家赌场。

《涉足荒野》（*Wild*）讲述遭遇变故的年轻女性勇敢地沿着2650英里的太平洋山脊徒步1100英里的远足之旅。

在电视剧中，重要的是在提案中给出对每周事件的感知。

在《邪恶力量》（*Supernatural*）中，我们的英雄们调查超自然事件并猎杀恶魔、幽灵和怪物。

在《丑闻》中，一组华盛顿特区的律师帮政府消除丑闻的同时应付他们自己的个人问题。

在《行尸走肉》中，幸存者反击嗜血僵尸。

**难题**

当＿＿＿＿＿＿＿＿＿＿＿＿＿＿＿＿＿＿＿＿＿＿＿＿＿＿＿＿＿＿＿＿＿时，难题出现。

难题

现在，你敲定了第二幕或每周事件并将听者拽进故事，你需要来点刺激的。

让人感到无聊，即便是很短的时间，对你来说也是危险的，除非你暗示新的冲突出现。

对于故事片来说，决定哪种提案更好的可以是出现在剧本中间点或第二幕结尾的难题。对于电视来说，这些难题可以列出来，表示这类冲突将随机出现在剧集中。

如何找到你的难题？正如我们之前讨论的，影片大的困境往往由反派驱动，但难题也可以由某个事件、某组事件或是主要人物的退却造成。

在《虎胆龙威》中，当领头的恐怖分子为了逼主人公出来找出麦克莱恩的妻子时，难题出现。

在《杯酒人生》中，当迈尔斯对自己喜欢的女人掩瞒朋友的婚姻和自身的酗酒时，难题出现。

在《丑闻》中，当奥利维亚面对总统夫人、媒体和自己那个不达目标誓不罢休的前中央情报局特工父亲的阻碍时，难题出现。

在《行尸走肉》中，当幸存者发现人类可能比僵尸更危险时，难题出现。

**策略和风险**

现在他们必须＿＿＿＿＿＿＿＿＿＿＿＿＿＿＿＿＿＿＿＿＿＿＿＿＿＿＿！

策略

否则就要面对＿＿＿＿＿＿＿＿＿＿＿＿＿＿＿＿＿＿＿＿＿＿＿＿＿＿＿！

后果

对于电视来说，我们将试播集的提案放到模板的第二部分。对故事片来说，描述第三幕的策略可以在提案的最后给出新的紧迫感。

你正在描述主人公必须要做的事情并提醒我们如果他们不这样做会有什么样的后果。但是，策略并不意味着你在给出结局。相反，要让听者意识到只有听完整个故事才能知道答案。

在《虎胆龙威》中，麦克莱恩必须保证妻子性命，同时阻止恐怖分子偷走600万美元的计划。

在《杯酒人生》中，迈尔斯必须说出真相，并面对自己的酗酒问题，否则会失去自己开始新生活的唯一希望。

### 话题

一分钟提案模板中的其他元素是帮助你在故事提案结束后强调自己项目的市场可行性的话题。使用它们来回答制片人的问题，或是如果他想要更多，来推荐你的项目。

### 原创性与独特性

本片与本类型的任何影片都不一样，因为_____。

此时，若你对这个项目的吸引力存在疑问，那它就可以帮你阐明自己项目的独特之处。你的办法就是强调你独一无二的特征，即你将以何种不同的方式讲述故事。

这可以是我们在大银幕上从未见过的电影化技巧、结构手法、视点，或这一类型此前从未尝试过的镜头。

### 主题

观众会有感于_____。

这是你告诉听者你的剧本的重要意义——它与大概念一样传递出信息：观众会有感于教育对意外怀孕的青少年克服逆境的帮助 [《珍爱》（*Precious*）]。

观众会有感于一个男人为公布真相不顾一切以及挑战美国的勇气 [《惊爆内幕》（*The Insider*）]。

### 场景

他们会喜欢诸如_____的场景。

提案的最后要点是给听者留下印象。这将是一个引人注目的影像或想法，以至于他们不得不买断你的剧本，否则他们将永远萦绕在你不可思议的场景之中。

聚焦独特的典型场景或描写讲述故事的影像。

当一位母亲被军方告知自己的三个儿子都牺牲在战场时瘫倒在地上（《拯救大兵瑞恩》）。

两个职业杀手进入毫无戒备的受害者家门之前，随意聊着阿姆斯特丹和脚底按摩（《低俗小说》）。

一名特工在小心翼翼地绳降以防触发报警系统，接着他的刀掉了下去 [《碟中谍》（*Mission Impossible*）]。

一个野蛮的流氓假装自己是一颗青春痘，然后疯狂地发起食物大战 [《动物屋》（*Animal House*）]。

虽然你应该避免其他元素的过分细碎，但当谈到这些重要的预告片时，越小的细节越重要。例如：观众不会只喜欢打斗场景，他们会喜欢使用奶油馅饼打斗的场景。

正如你所看到的，在短提案中的元素同样是打造优秀剧本的必需元素。你下次写剧本时甚至可以在开始写之前使用这个模板来确定你的故事、写作方法和特殊场景。

接下来，请写出两个不同的一分钟提案。前者适用于故事片，后者适用于电视剧。电视剧提案包括剧目的试播集、人物和世界。如果适合你的项目，将这些元素纳入你的故事片提案中。

**10**

10 分钟练习：

**一分钟提案——故事片**

_____是一部_____。
　　　　　剧本名称　　　　　　　　　　　　　具体类型

感觉像_____。
　　　　　　　　　　　类似的电影

它讲的是_____的故事。
　　　　　　　　　　　　故事线

这是_____和_____的故事。
　　　主人公描述　　　　　　　　次要人物描述

他们_____。
　　　　　　　第二幕事件

当_____时，难题出现。
　　　　　　　难题

现在他们必须_____。
　　　　　　　第三幕策略

否则就要面对_____。
　　　　　　　后果

本片与本类型的任何影片都不一样，因为_____。
　　　　　　　　　　独特性

观众会有感于_____。
　　　　　　　主题

并且他们会喜欢诸如_____的场景。
　　　　　　　预告片时刻

**10**

10 分钟练习：

**一分钟提案——电视剧**

_____是一部_____。
　　　　　剧名　　　　　　　　　　　　　格式与类型

感觉像_____。
　　　　　　　　　　成功的电视剧

它讲的是_____的故事。
　　　　　　　　　　　　故事线

这是_____和_____的故事。
　　　主要人物描述　　　　　　　次要人物描述

他们 _____。

每周事件

故事发生在 _____，

地点 / 环境

在这里 _____。

世界的三大原则

其他人物包括 _____。

人物描述

他们想要_____。

目标

在全剧的发展中，我们会看到_____。

关系发展

**10 分钟练习：**

**一分钟提案——试播集**

试播集讲述_____的故事。

主要人物的名字

他 / 她 / 他们_____。

追求的目标

当_____时，难题出现。

难题

现在他 / 她 / 他们必须_____。

策略

本剧不同于这一类型的其他剧目是因为_____。

独特性

并且他们会喜欢诸如这些剧集_____。

三集故事线

观众会有感于_____。

主题或信息

**恭喜你**

当你听到"马上把剧本发给我！"时，不用慌。

这是一个你下次在鸡尾酒酒会偶遇梦中的制片人时使用的完美提案，最终你会接到经纪公司助理的电话，或是被约到电影厂开会，并且他们会问："你还有什么剧本？"

所以写下来，花 10 分钟时间记住它，再花 10 分钟练习，为无论何时何地可能出现的机会做好提案准备。

## 用你自己的文字

　　尽管我为你提供了一个参考模板，但使用你自己的文字，找到自己的声音很重要。你已经借用模板确定了主要元素，所以别担心遣词造句、整合元素或调整它们。我的高材生，尼克·约翰逊（Nick Johnson），为他的剧本《唯有派对》（*Nothin' But a Party*）填写的一分钟提案模板如下。

　　如果一群青少年不得不为他们举行派对的权利而战会怎样？

　　《唯有派对》是一部青少年闹剧，感觉像《太坏了》加上《十六支蜡烛》再加上《摇滚学校》。

　　它讲的是瑞恩和他那帮惹是生非的伙伴的故事，他们想要举办一场完美的派对来帮瑞恩赢回心爱的女生，丽莎。

　　当丽莎决定带其他人来参加派对，而且当地警方又来搅局时，难题出现。

　　现在，瑞恩不得不在警察冲进来终结小镇有史以来最辉煌的狂欢前，证明自己的爱并且赢回丽莎。

　　本片不同于这一类型的其他电影，因为它让人回想起20世纪80年代的青少年派对喜剧，对青少年生活和爱情的描写令人捧腹，充满深情。

　　观众会喜欢夸张的幽默和丰富的人物，以及瑞恩和丽莎尴尬的青少年恋情。

　　并且他们会喜欢比如高潮段落这样的场景：一个疯狂的警察用催泪瓦斯和非致命子弹驱散闹事的狂欢者。

　　正如你所看到的，所有元素都在这了。但是提案缺少了真正派对的能量。所以，我建议他将元素重新调整排序，结果如下。

　　《唯有派对》

　　当你不得不"为权利而战"。

　　十六岁的瑞恩差一点就要和女朋友丽莎亲上了，警察却来了，派对也被叫停！现在，为了将她带回这种爱的氛围，他必须重启完美的家庭派对。

　　这个任务看起来很简单：音乐、地点、酒和一大帮人。但是，瑞恩仅有的音乐选择是情绪摇滚（EMO），他的房子是地产样板房，并且饮酒让他再次胃痛，这项任务变得有点复杂了。

　　最终，瑞恩不得不在警察冲进来结束小镇有史以来最辉煌的狂欢前，证明自己的爱并赢回丽莎。

　　强烈而又深情，《唯有派对》是向20世纪80年代的青少年派对喜剧致敬的描写青少年生活与爱情的故事，让你回想起《太坏了》《十六支蜡烛》和《摇滚学校》。

**⑩ 10 分钟练习：**

**用你自己的文字重写提案**

　　通过采纳以下某个建议或混合以及匹配最适合你的元素来修改你的提案模板：

1. 把故事中的风险作为重点。
2. 强调商业吸引力。
3. 建立并发展故事线。
4. 以人物开始。
5. 以片名结束。

**恭喜你**

你的提案少了些套路化，更多呈现出你自己。

# 个人提案

比电影或电视剧提案更为重要的是你要能够推介自己。当制片人买一部剧本时，他们正在投资可以持续多年的合作关系。所以，容易相处变得很重要。你要让他们在结束会议时相信你的剧本很好，你也是一个容易相处并且会合作愉快的对象。

## 破冰

当与他人第一次见面时，作为编剧的直觉——你观察周围事物和对人物感同身受的能力——会助你一臂之力。贯穿本书，我要求你从其他人物的视角思考故事。与初次见面的人开会时，你可以做同样的事情。经理人或经纪人的"电影"是什么？他或她所处的"场景"是什么？他看起来应接不暇？她看起来很忙或者有重要事情要处理？

那么，试着以共情开场白来破冰——表明你"理解"他们的处境。我见过一个编剧在提案大会上的玩笑话"我是编剧356号，你们肯定累垮了！"得到了评委的认可。帮助制片人放松一分钟可以让他更乐于倾听你的提案。当然，不是每一个听者都一样，你需要眼观六路耳听八方，确保开场白抓住他们的注意力。但是简短的对话，甚至只是引起人们注意的一句话，也是一个很好的开始。

## 寻找你自己的"钩子"

"好吧，自我介绍一下。"很好，制片人想要更多地了解你。你要聊自己的童年并告诉制片人所有细节吗？别，千万不要这样做。相反，要讲你的故事线。不要讲你的故事，要讲你！你为自己创建一个故事线，聚焦你的"钩子"和人生的"亮点"。以下是一个例子。

帮朋友评估剧本让闲散的三明治女孩得到一份电影厂的工作并开启教授剧本写作的事业。

没错……是我。当有个朋友邀我为某个制片公司读（评估）剧本时，我这个寒窗苦读十几年的失业青年正在快餐车上卖三明治。我之后开启了在电影厂做评估剧本，同时做咨询师和讲师的职业生涯。这是我的故事，围绕着钩子和亮点构建。通过写自己的故事线，我成功地用一句话向你介绍了我自己。

### 表达你的热情

　　个人提案的任务不只是引起某人对你的兴趣，还有引导他们讨论你的作品。两者兼顾的有效办法是借用你生活的故事线来引出你的项目灵感。如此一来，听者更加了解你并加强了对提案项目的兴趣。假如我想从谈论自己过渡到剧本话题。我会这样说。

　　事实上，这是我从服务员到剧本分析师的巨大改变，这促使我思考我们的生活方式可以在一瞬间发生改变，最终引导我写自己的剧本——内心的改变。

　　非常自然，对吗？我表达了对自己工作的热情，也把话题引到了剧本上！

### 传达大创意

　　你把他们吸引进来并打开闸门，所以现在你可以开始你的提案了。讲述此前在一分钟提案中讨论的元素，并让他们为之惊叹。

⑩ **10 分钟练习：**

**创建个人提案**

遵循以下步骤创建个人提案：

1. 破冰：用共情的方式建立和听者的关系。
2. 你自己的"钩子"：创建你自己的故事线，以简明地展现你生活的"亮点"和你的钩子。
3. 热情：通过讲述你自己的生活是如何激发当前的故事的容易引导听者投入剧本讨论。
4. 大创意：借助灵感讨论来无缝转换到影片的故事线。

**恭喜你**

你消除了听者的戒备，建立了联系，增加了对方对你和你的项目的兴趣。

# 推介材料

　　如果可以选择的话，让编剧用以引人注意的方式呈现在纸上。但是这儿充满了竞争，所以准备一些其他材料帮助推介作品不是一个坏主意。在我详细介绍之前，先熟悉一些术语。

⏰ **10 分钟课程：提案、咨询信、单页〔One-sheet〕等**

　　提案简要地描述你的故事和它的卖点，激发听众的兴趣并促使他们读你的剧本。咨询信通常是一封寄给经纪人和经理人，请他们考虑代理你和你的剧本的信。提案会议将制片人、代理方和编剧聚到一起，允许编剧简要地介绍他的材料。单页是电影的迷你海报，可以在提案中作为视觉辅助，不要与一页梗概混淆，一页梗概是一页长、逐节拍的梗概。也不要与电视概念表混淆，电视概念表列出的是电视剧的所有元素，让制片人可以看到试播集之外的整个蓝图。

请注意：这些只是推介材料而已。一旦剧本被制片人或代理方索要，应该只提交对方索要的材料，别附加任何额外材料。

**课程结束**

## 概念表

制片人听了你的提案或读了你的试播集剧本后，可能会向你索要电视剧的一页分解来了解整部剧的总体蓝图。这就是你的概念表。有些制片人将其称之为大纲、提案页，或甚至是"剧本圣经"（虽然真正的"剧本圣经"更长且通常由剧目管理人操刀）。

⑩

**10 分钟练习：**

**创建概念表**

请按以下步骤创建概念表。注意：你已经在提案以及本书其他章节中创建了很多这类元素，所以请按需自由地剪贴。

1. 剧目概述
这是电视剧的一段介绍，其中包括类型、基调、剧目比较、整剧故事线和每集的冲突描述。

———————————————————————————

2. 世界
这是关于世界设定的描写，包括环境的规则和自然冲突的说明（从你的提案中剪贴或者参阅你在第七章中就人物原则进行的创作）。

———————————————————————————

3. 人物
为人物起名字，介绍他们，阐明他们的故事目标。

———————————————————————————

4. 试播集
用一段话描写第一集的剧情。

———————————————————————————

5. 剧集故事线
列出第 6 ~ 12 集的故事线，或更为详细地描写将贯穿整季的冲突。

———————————————————————————

6. 多季故事线
列出从第一季到第五季的落点（Landing Point），牢记事件、关系发展和人物改变。

———————————————————————————

7. 卖点

向评估者提供本剧的吸引力、新意和独特的钩子。

---

**恭喜你**

你为剧目创建了一到五页不等的流转于经纪人、制片人和电影厂的推介工具。

## 咨询信

有些经纪人和经理人通过咨询信发掘新编剧，有些则不。不过，当你与意向客户沟通时，你还是需要以信件的形式介绍自己和作品。所以，最好花10分钟写下来。

好消息是，如果你写了一分钟提案和个人提案，那你就已经有一份咨询信了。

**10 分钟练习：**

**写一封咨询信**

写一封包含个人和作品信息的咨询信。

以个人陈述开始：破冰、你自己的"钩子"、你的热情、大创意。

继续几分钟的故事提案：概念、片名、类型、人物描写、第二幕行动、难题、第三幕策略。

继续几分钟的卖点提案：独特方法、主题、预告片场景，以签名和个人联系方式收尾，再加上剧本阅读需求、个人联系方式、感谢词。

**恭喜你**

你完成了一封推荐自己和剧本的咨询信，说服了经纪人、经理人或制片人与你见面或提出阅读你的材料。

## 一页梗概

一旦你得到经纪人或经理人的关注，他们会要求看你的剧本的一页梗概。这是在无须阅读你的所有资料的情况下发现更多信息的方法，也是你提供一些有助于剧本销售的额外细节的机会。

如果你对整个剧本的梗概感到无所适从，就回到本书之前的工具。简明梗概、睡前故事模板或节拍表都可以轻松转化成梗概。只要用文字将节拍黏合在一起，建立叙事流。

**10 分钟练习：**

**一页梗概**

当你写一页梗概时，记住以下要点。

① 第一幕尽可能简短。

别沉迷于设定，跳到主人公的主要难题上。

② 将人物编织进故事。

别单独介绍人物，把它们写进梗概是因为它们实际上影响了故事的发展。

③ 从情感上引导读者。

描写一个激发主要行动的情绪点。通过强调对主人公的个人影响总结一个重要情节段落。

④ 结尾别空洞。

至少描写一个引发揭示或有助于解决难题的举动的时刻。

**恭喜你**

你现在有了一个随时用得着的一页梗概。你节约了意向买家宝贵的阅读时间。

# 单页

单页就是你的电影的迷你海报。它通常包括针对主题或故事的一句广告语、一句预告。

广告语案例

是人类把他当成敌人，现在却变成他的问题了。

——《银翼杀手》（*Blade Runner*）

有些人说，要重振生活……所以她们义无反顾。

——《末路狂花》

有时候你不得不绕半个地球回到原点。

——《迷失东京》（*Lost in Translation*）

单页也包括你在海报上看到的那种形象。如果你也想这样做，确保让它看起来干净和专业。胡乱拼凑只会有损于你的影片。

增加故事线或简明梗概。无论你怎么做，千万别遗漏联系方式。把这些元素组合起来，你的单页就完成了。

**（10）**

**10 分钟练习：**

**创建单页**

通过以下步骤创建单页（迷你海报）。注意，如果你不想的话，你也可以不加入图片。

1. 高亮片名。

2. 写一段广告语。

3. 放一张图片。

4. 加入故事线或一句话梗概。

5. 附上联系方式。

**恭喜你**

你创建了参加提案会议时完美的单页销售工具。

# 个人网站

虽然创建网站是一项投资，花费的时间也肯定不止 10 分钟，但展示你和你的剧本的个人网站是一个很好的营销工具。网站应该包括你的编剧简历、故事线和单页，以及你的联系方式。你也可以考虑增加传达剧本世界的音乐和影像资料。

### ■ 10 分钟小结：提案

1. 通过注册申请**版权**保护你的剧本。
2. 通过字斟句酌和增加情感优化**故事线**。
3. 通过剧集头脑风暴、勾画出**整季故事发展弧**来开发电视连续剧。
4. 通过围绕故事的主要元素和卖点开发**简明提案**。
5. 通过创建你的故事线和表达自己的灵感开发**个人提案**。
6. 开发出提供连续剧概述的**电视概念表**。
7. 通过整合一分钟提案和个人提案写**咨询信**。
8. 通过之前的叙事工具，比如简明梗概、睡前故事模板或节拍表来写**一页梗概**。
9. 写出包括广告语、故事线、简明梗概、图片和联系方式的**单页**。
10. 创建**网站**，内容包括你的单页、故事线和编剧履历。

# 第十一章

# 机遇

**如** 我曾想把本章称为"销售"。但是，成功销售并不是、也不应该是你写成一本剧本后的全部回报。

是的，如果剧本很快高价卖出，那太棒了，但如果它成为一个绝佳的写作样本，帮助你开启改写或改编已有素材的职业生涯，那也很棒。

如果你的剧本为你赢得电视剧全职编剧的职位，那也很棒。

如果这个剧本得到独立制片人的赏识，或是你自编自导，展现作为编剧和导演的才能，那将多棒？

或者这个剧本被拍成网剧，你以新媒体编剧的身份得到业界关注。

机遇是本章的重点。你已经手握剧本，现在只需要破冰。

但影视业有许多不同的"玩家"。首先来了解一下他们的角色。

## ⏰ 10 分钟课程：经纪人、经理人、律师和制片人

经理人打理编剧的职业，帮助开发编剧的剧本并维护关系，包括帮他们找到合适的经纪人。他们拿 10% ~ 15%。经纪人如有牌照，可以就特定的剧本洽谈合约（经理人没有），经纪人拿 10%。但如果没有经纪人参与，娱乐律师也可以处理相关合约，通常，他们拿 5%。一旦经纪人或经理人得到授权，他们会尝试把编剧的剧本推介给制片公司，制片公司则将剧本提交给电影厂以期投拍。独立制片人可能渴望在没有制片厂介入的情况下拍摄影片，这意味着他将筹备资金、组建团队等。这种情况下，制片人通常有优先权，付钱在一定时间内保留你的剧本，同时想办法投拍。如果在优先买断权到期前没能开拍，那么剧本会再回到你手里。

**课程结束**

# 社交

一旦决定了为剧本找一个归宿，你应该竭尽所能将剧本送到经纪人、经理人或制片人的手里。

如何做到这点？关于这个问题我并没有确切的答案。但尽可能结识更多的朋友，也就是社交没啥坏处。

这个世界很小，好莱坞的所有人都以某种方式联系在一起。不信？只要你在纸上写下自己认识的人，再写下他们各自认识的人，你会觉得自己足可以运营一个电影厂。

那就写下来吧！

## 你认识的人

校友、朋友、表兄弟、你在咖啡店总遇见的某个经纪人的助理，向你吹嘘儿子是HBO主管的牙医。你的人脉超乎自己的想象。

眼下，我主持一档采访业界成功编剧的播客节目。每一个人都有着完全出乎意料的"入行"故事。有个编剧在孩子的学前班结识了制片人。还有个编剧的广告经纪公司签了一名广告导演，然后介绍给了好莱坞。更有编剧在业界的起步工作是递送文件，同时做苏珊娜·索梅尔（Suzanne Somer）脱口秀的制片助理。一个三明治女孩抓住了机会——机会就在转角。你永远不知道你认识多少人。

## 他们认识的人

你的联络人名单看起来好像没啥业内人士？你可以试着玩"二度网络"游戏。通过写下你朋友认识的人或亲戚，你会发现重要关系是触手可及的。

## 建立联系

这是你必须亲自出马的环节。参加校友聚会并让同学们重新认识你，把你推迟的洗牙排上日程，在社交网站上成为你表弟的"好友"。不管怎样，当你有意识地做这样的事情时，真实的联系就建立了。即使你从这次经历中得到的只是一个微笑，或者与亲戚的重新联系，你还是应该感到高兴并继续向前。

## 寻求帮助

尽管去询问。但确保这是一个小忙，并且确保这是一个合适的请求。请你的牙医读剧本肯定不会帮到你。但询问能不能以他的名义联系他的大人物儿子就很明智。有时候名字就是财富，因为它可以敲开一扇门。

## 追踪结果

在你联络和/或求助以后，保持跟踪结果。你联络了谁以及他们说了什么？如果你需要提醒某人阅读剧本或只是想对对接老板的助理说声"谢谢"，你将需要掌握这些反馈，以便随后可以适时地打一通电话来跟进。

比如，我鼓励所有在提案大会上提案的编剧创建一个数据库，包括对哪些人做了提案以及对故事创意的反馈。通过这种方式，如果对方与你主动联系或者向你索要剧本，编剧可以提醒新的联系人"有人喜欢其充满力量和令人惊讶的结局"，或是他们"对孤独的卡车司机这个主人公有所回应"。保存数据库结果，即使是负面反馈。如果你觉得自己的剧本被抄袭或你的文字未经你的许可被使用，这也有所帮助。

**(10)** **10 分钟练习：**

**创建联络表**

通过制作以下列表发现并连接你的联系人。

| 我认识的人 | 他们认识的人 | 联系方案 | 求助 | 结果 |
|---|---|---|---|---|
|  |  |  |  |  |
|  |  |  |  |  |
|  |  |  |  |  |
|  |  |  |  |  |

**恭喜你**

*联络表助你意识到了自己的人际关系有多么丰富，并为你的职业发展制订了计划。*

# 行业会议和提案会议

业界有很多行业会议和提案会议，它们有着不同的特质。通过确定你的目的选择自己要参加的会议。是向特定的公司提案？是为了与某个编剧团体建立联系？是通过参加课程更多地了解电影业？

诸如"卖出我的剧本"的宏观目标应该予以重新考虑。如果制片人和经纪人在某个会议上见了一些新面孔，看看他们是否会激发一个新的想法并促成新的提案。

更为现实的目标是"建立人脉"。记住，一个真实的人脉——某人"认识"你并看中你的作品——可以让一切截然不同。

**(10)** **10 分钟练习：**

**行业会议和提案会议数据库**

列出你感兴趣的活动，然后利用表格跟进自己的目标进展和结果。

| 会议 | 目标 | 建立的人脉 | 做过提案的公司 | 反馈 | 跟进 |
|---|---|---|---|---|---|
|  |  |  |  |  |  |

**恭喜你**

你在社交活动中设定了现实目标，与他们交流，你向编剧职业又走近了一步。

## 虚拟提案会议、比赛和网络机会

不住在洛杉矶？没钱飞去提案会议现场？沟通随着电子邮件和短信变得越来越"虚拟化"，好莱坞之外的编剧有了公平的舞台。还有大量的网络资源帮助你学习、追踪业界消息、社交资源以及提案。

除了提案会议，也有很多剧本比赛。即使只是进入比赛四强——比如享有盛誉的尼克尔（Nicholl），也会有制片人、经理人和经纪人来主动接触你。随着付费读者的锐减，越来越多的从业者将比赛作为考察新编剧的方法。但自己一定要做一些审查，以确保你的剧本提交到有声望的比赛，它们的奖项才可以带来真正的机会和行业联系。

## 社交网络

许多社交网站打破了壁垒，甚至让大佬成为你的"好友"。但是得做好区分。尽可能创建独立的账号，区分你的日常生活和写作事业。你的新"朋友"也许是国家广播公司的头儿，但你真的想让他看见你昨晚派对上那令人尴尬的照片吗？注意别过于调侃"业内的事"。在别人伸手帮你前别得罪人。

## 跟进

这是一件令人恐惧的事情，但你必须要做。制片人在要了你的剧本之后还没有给你任何反馈？如果两周过去了，就发一封简短的电子邮件，表示理解他的繁忙，同时提醒他阅读你的剧本，你很期待他的反馈。

如果又过了两周，让他知道你得到了一些其他方面的积极反馈，并强调你也很期待知道他的想法。

又过了两周，联系他的助理并请他做一个善意的提醒。

当你被明确拒绝后再放弃。但也要注意不能粗鲁或抱怨。当业内人士告诉你他们很忙时，他们真的很忙。同时，别把你的职业生涯耗在等待上。继续编织你的人脉网。

# 新媒体

娱乐工业最好的机会要属完全开放和有点野生的新媒体世界。制片公司、经纪公司和电影厂都在加快开发新媒体部门，并定期在网络搜索潜在的人才。

我的一个天才客户，麦克·马登（Mike Maden），写了一个极棒的故事片剧本，但很长一段时间内就是得不到经纪方的关注。有一天，他和我说要去德克萨斯拍"网剧"。不到两周，麦克和他的制片搭档将自己之前写的剧本 *Pink: The Series* 拍成了十集网络剧。他们将其上传至视频网站，很快就获得了百万点击量。得益于大众的关注，他俩都签约了一家大经纪公司。这家经纪公司帮助他们拿到了后十集的资金，他们也去好莱坞参加各种会议，随之而来的电视剧剧本合约以及与大电影厂的网剧制作协议使得麦克的编剧职业生涯重获新生。

## 网络短片

对"10分钟编剧策略"来说，网络短片是完美的媒介，因为它们是时长在3～10分钟的短片故事。

虽然互联网正加速上线各种新剧，但它依然是你可以随时免费发布个人作品的唯一平台，没有审查，面向全球观众群还在持续增长。

你无须创建整部剧。你可以只讲述一个2～15分钟的短小故事，以此得到大家对你的编剧或导演能力的关注。一些电视节目始于网络，包括《大城小妞》（*Broad City*）、《儿童医院》（*Childrens Hospital*）和《醉酒史》（*Drunk History*）。

你可以通过旧的素材或视频博客完成故事的低生产标准部分。研究下《公会》（*The Guild*）、《利兹·贝内特日记》（*The Lizzie Bennet Diaries*），或《阳光女孩的困扰》（*The Haunting of Sunshine Girl*）。

你可以保持让它比较小。日常生活故事很适合网络，因为它们放弃了错综复杂的A、B、C故事，转而只关注主要人物生活的某一章。看看《杰克和埃米尔》（*Jack and Amir*）、《难以伺候》（*High Maintenance*）。

你也可以投入某一类型。如果你拿到投资，目前你在网络上可以发布的内容没有限制。看看《游戏高中》（*Video Game High school*）和《H+：人类改造》（*H+: The Digital Series*）。

关键是写一些节奏快而紧凑的深刻故事，即便是简单或廉价的制作，也是可以激发情感响应的影像。然后上传并向全世界展现你的才能。

**(10)** 10分钟练习：

**创作网络短片**

利用几个10分钟，写出故事或网络短片的大纲和剧本。

1. 写出全剧的大纲。

你想要讲什么故事？

你觉得这一故事要讲多少集？

2. 写出每一集故事的大纲。

每一集的开始、中段和结尾是什么？

核心的情感点是什么？

推动全剧发展或让观众想看下去的场景开关是什么？

3. 写剧集剧本

使用你的写作新技巧来看看你能尽可能快地写多少。

牢记，最初围绕主要故事意图写，然后再扩展更多细节和情感。

**恭喜你**

通过写和拍摄自己的作品，你已经掌握了主动权。你也有了通过新媒体开拓自己新事业的可能。

# 视频游戏、游戏综艺、广告短片和真人秀

机遇，机遇，机遇。不要错失机遇。电脑游戏剧本在叙事上和结构上有无数的可能性。需要趣味问题的游戏综艺往往会聘请具有喜剧背景的编剧。电视"广告片"由深谙如何以一句话吸引观众的编剧操刀。此外，真人秀从来都不只是现实的再现。真人秀也聘请编剧利用日常的素材创建故事。（我知道你至少看过其中某一个！）

# 如果他们喜欢我呢？

我见过一些编剧很努力地写剧本，在找到卖家或拿到很棒的反馈后却搞砸了。他们只是没有准备好下一步。以下是下一个环节会发生什么以及意味着什么的快速介绍。

⏰ **10分钟课程：会议、全职、任务和提案**

如果你正在写一本没有人聘请或指派你写的电影剧本，你写的就是故事片样稿（Feature Spec）。通过写一部已播出的电视剧的剧集样稿，你也可以展现自己的创作能力。或者，你可以写一集希望被开发成连续剧的原创试播集。

你的电视剧样稿很有可能被提交给负责不同剧集的统一基调的剧目管理者。剧目管理者然后可能会聘请你担任下一季的在组编剧。只要成了剧组编剧，你就会被要求在编剧室做剧集、笑点和人物弧等提案。

如果你的原创试播集受人青睐，你将与剧目管理者搭档，他作为制片主任来帮助你创建"剧本圣经"，包括长达五年的剧目和人物的故事弧。

只要你的故事片样稿提交到制片公司就会得到反馈，这是包括剧本优缺点的书面报告。如果报告写到可以考虑或推荐，就很有可能被安排周末阅读，这意味着公司所有的制片人或创意总监会读你的剧本。如果他们喜欢这个剧本，会提交给电影厂。如果电影厂也喜欢这个剧本，那它很可能就卖掉了。如果这真的发生了，你的经纪人会商洽合同。通常，合同涉及在电影厂提出改进他们的创意以及商业需求的反馈后，你至少会得到一次剧本改写的报酬。如果电影厂很满意你的改写，那么剧本将获批进行制作。

如果你的剧本得到很好的反馈报告，但是电影厂不想买它，全好莱坞的制片公司依然会得到这个消息并邀你开会。这些会议可能是见面会，他们旨在认识你并问你有没有其他剧本。此时，你要至少准备做三个项目的简短提案。充满魅力没什么坏处。

制片公司也可能考虑邀请你做改写任务或小说改编。在这种情况下，他们会让你就现有材料做创意提案。如果你卖出过一个项目，你也有机会就原创故事做提案。然后，你的经纪人或经理人为该项目安排长提案，期间，你得生动地描述项目的主要情节点、核心人物和关系弧。

如果制片方喜欢你的提案，他们会聘请你写剧本，在他们对你的改写表示满意后，他们会将剧本提交给电影厂。

**课程结束**

# 长提案

正如之前所说，当你成为一名成功的编剧后，你会被邀约到制片人办公室就自己的最新创意或当前项目的新"进展"进行提案。

幸运的是，经历了全流程的剧本创作，你对如何讲故事有了很好的认识。以下是帮助你切中要点的长提案指南。

**(10)**

**10 分钟练习：**

**长提案指南**

以随意和对话的方式来讲述你的故事，确保切中以下要点来推动故事发展。

**1. 个人灵感**

说一说激发你写这个故事的生活体验。

**2. 故事线**

通过直截了当地提出核心创意，确保他们知道你的提案到底在讲什么。

**3. 主要人物描述**

告诉我们追随的是谁以及我们为什么要关注他。描述个性、缺点、职业和背景故事（仅与其相关）。

4. **人物目标**

当我们遇见主人公时需要了解他的主要目标。

5. **第一幕事件**

描写导致主人公开始新旅程的核心事件。

6. **第二幕目标和策略**

概述主人公在影片核心部分想做的事情以及他想怎么做。

7. **爱恋对象／伙伴**

描述主人公的朋友或爱恋对象。

8. **第二幕行动**

展示主人公完成任务采取的有意思的行动。

9. **第二幕典型场景**

至少包含一个值得剪入预告片的埋藏故事主要创意（概念）的时刻。

10. **反派行动**

引出反派时刻并展现他如何扰乱主人公的任务。

11. **中间点事件**

描述引爆第二幕的一个事件。

12. **情绪低谷**

揭示主人公此刻的感受，作为他这一路获得的成果。

13. **第三幕目标和策略**

概述主人公想在影片最后一部做什么以及他打算怎么做。

14. **危险和倒计时**

提醒听众主人公此时将失去什么以及他还剩下多少时间去完成任务。

15. **第三幕行动**

使用人物、工具和沿路获得的技能，描述主人公尝试完成任务的方法。

16. **第三幕高潮**

使用情感和细节描述构思巧妙的胜利时刻。

17. **故事启示**

通过描述主人公的改变或他人的改变来结尾。

**恭喜你**

即使是最有经验的编剧，也会对长提案心生恐惧。但现在借助这些指南，你在提案会议上将会得心应手。

### ■ 10 分钟小结：机遇

1. 创建你认识的人的**联络表**并请他们帮一个小忙。

2. 制定小结，跟进在**提案会议**上的目标和成果。

3.  通过**虚拟提案节**、**比赛**和其他**在线编剧资源**接触业界。

4.  使用**社交网站**来帮助你联络从业者。

5.  通过创作和在线发布你获奖的内容来发掘**新媒体**。

6.  在**提案会议**上，通过跟随故事的主要元素和结构性节拍来抓住**长提案**的重点。

# 淡出

你一路历经头脑风暴、组织、写作、改写、提案直到有可能卖出剧本，快花10分钟来一段快乐的舞蹈。这真的值得庆祝。你努力工作，利用忙里偷闲的时间推进你的剧本和事业。

更棒的是，你可能发现自己把一个个短短的10分钟汇聚成若干个小时，做了自己热爱的事情。如果这一个个小时汇聚成整整一天该多好啊，有回报的一天！

想象一下——有一天，你不用再从工作中挤出10分钟来写作，你的工作就是写作。这样的话，在你的休息时间，你就安心喝咖啡，或者订购你的新保时捷。

祝你好运。愿你有大量的写作时间。我还想给你更多的祝愿，但我有剧本要读，还要接孩子放学。

我只有10分钟。

# 10 分钟编剧谈

**这**真的可能吗？你的剧本能在这短短的10分钟时间内取得进展吗？我把这个问题抛给一群职业编剧们。

**马克·弗格斯（Mark Fergus）**：《人类之子》（*Children of Men*）、《钢铁侠》（*Iron Man*）、《第一场雪》（*First Snow*）和《牛仔和外星人》（*Cowboys & Aliens*）联合编剧。

### 如果有 10 分钟时间，你会做什么事情让某个场景变得更好？

找到场景的底线。人们不知道的事情很多，但他们始终知道自己要什么。这个场景中的玩家想要什么？（坦白说，他们似乎不计后果）他们旅途中的拦路虎是什么？听起来很简单，但这千变万化，并且它总能解锁场景。

### 如果有 10 分钟时间，你会做什么事情让某个段落变得更好？

找到薄弱的连接，它很可能是你整个剧本中最喜欢的场景。你很喜欢它，但它不贴合整个结构，所以必须删除。别一删了之，把它放到"回收站"，这可能适用于另外一个故事。

### 如果有 10 分钟时间，你会做什么事情让剧本变得更好？

集中精力快速通读你的剧本，像是你在听一首动听的流行歌，像是演员在做"速读"。让节奏击中你、侵入你、淹没你。如果它悦耳动听，那么它就是一个绝好的剧本。如果感到颠簸、磕绊、结巴，如果你一直出戏，那就还有不少工作要做。

### 如果有 10 分钟时间，你会为自己的事业做些什么？

持之以恒。写咨询信。参加比赛。给联系人寄剧本。聚少成多。但最主要是……别把自己逼疯了。每天花10分钟时间思考自己的事业，然后回到键盘前写作，不断地写。

**约翰·奎因坦斯（John Quaintance）:**《老妈与奶爸》（*Ben and Kate*）、《把妹大作战》（*Undateable*）联合剧目管理人，《工作狂》（*Workaholics*）联合执行制片人。

**如果有 10 分钟时间，你会做什么事情让某个场景变得更好？**

尽量晚开始、早结束，并且尽可能删除不必要的对话。如果是喜剧，我会增加一个笑话；如果是剧情类，我会增加一对恋人。

**如果有 10 分钟时间，你会做什么事情让某个段落变得更好？**

确保第一页和最后一页有精彩的事情发生。

**如果有 10 分钟时间，你会做什么事情让剧本变得更好？**

花10分钟眯一会儿。说真的，小憩是快乐的重要因素。在手机上设置闹铃，现在就行动吧。

**保罗·盖约特（Paul Guyot）:**《图书馆员》（*The Librarians*）执行制片人，《都市侠盗》（*Leverage*）联合制片人，《女法官艾米》（*Judging Amy*）联合制片人。

**如果有 10 分钟时间，你会做什么事情让某个场景变得更好？**

前2分钟检查，确保在故事中没有让场景变糟糕的事情。

再花2分钟查看这一场景中围绕人物、地点和场景的页面空间。如果这一切都很扎实，接着花4分钟查看对白。看看人物是否尽可能晚地进入以及尽可能早地离开场景。不是行动，而是对白。看是不是以潜台词的方法传情达意？场景的存在只有两个理由：推动故事发展或揭示人物。如果你的场景两者都不沾边，花了以上8分钟时间也无济于事，花10秒删除它，最后1分50秒为自己倒一杯酒。

**如果有 10 分钟时间，你会做什么事情让剧本变得更好？**

首先你得确定为什么剧本不如你设想得那么好。是不是这还是初稿？或是第二稿？或第十五稿？是不是因为第一幕没有合适的建置导致第三幕垮了？还是因为故事很好，但对白过于僵硬和直白？如果我有10分钟时间来决定剧本的改进之处，我会查看每一个场景——是否推动故事发展或揭示人物？如果没有，那就删掉它。

**如果有 10 分钟时间，你会为自己的事业做些什么？**

写作。

**利兹·提格拉（Liz Tigelaar）:**《不期而至》（*Life Unexpected*）执行制片人。

**如果有 10 分钟时间，你会做什么事情让某个场景变得更好？**

删掉三分之一。删掉任何呈示。

**如果有 10 分钟时间，你会做什么事情让剧本变得更好？**

打磨开场。检查幕间。查看最后一刻。并且校对拼写。

**如果有 10 分钟时间，你会为自己的事业做些什么？**

重看《大祸临头》（*Catastrophe*）的任何 10 分钟段落并思考如何创建这样的剧和人物。我也会看《胜利之光》（*Friday Night Lights*）寻找灵感。

**杰克·托马斯（Jack Thomas）:**《日常工作》（*Regular Show*）编剧（艾美奖获奖），《极速蜗牛》（*Turbo Fast*）制片人（艾美奖提名）。

**如果有 10 分钟时间，你会做什么事情让某个场景变得更好？**

我会问自己："这个场景的目的是什么？"如果我想不明白，我会删掉它。如果我没有删掉它，我会做一个针对场景"目的"的对白检查。

**如果有 10 分钟时间，你会做什么事情让剧本变得更好？**

我会专注前五页，力图让它尽可能地出彩。

**如果有 10 分钟时间，你会为自己的事业做些什么？**

熟读你的书。

**安德鲁·罗宾逊（Andrew Robinson）:**《超凡蜘蛛侠》（*The Spectacular Spider-Man*）、《变形金刚动画版》（*Transformers：Animated*）和迪士尼 XD 编剧。

**如果有 10 分钟时间，你会做什么事情让某个场景变得更好？**

大声朗读剧本或找人替你读。你脑海中或者剧本上的对白听起来很好，但当它被朗读时有时候会显现出潜在的弱点。你可能会发现难以发音的奇怪短语、词汇，或只是尴尬的直白，没有传递出你和朋友们期待的火花……或最好是找来真正的演员表演这部分内容。

确保它没有脱轨并拥有视点。我曾参与的一个剧本的制片人似乎执着于人物视点切换，按他的解释是因为他不能理解，所以他确信观众也不能。主观视点元素使你身处过山车，既是身体也是情感的体验。

**如果有 10 分钟时间，你会做什么事情让剧本变得更好？**

拼写校对。全文人工检查。有太多词与你想要的词太像了。想一想"any more"与"anymore"的区别。或"threw""through""thorough"和"though"。校对不会总是注意到它们。这取决于你，好不容易让制片人、电影节、经纪人看你的剧本，确保自己别成为他们眼里的"混子"。你可怪不到 Office 办公软件或 Final Draft 剧本编辑软件。（或者，打电话或写邮件给皮拉尔·亚历山德拉，让她修改你的剧本。）

**如果有 10 分钟时间，你会为自己的事业做些什么？**

如上。打电话给皮拉尔。然后打更多的电话。保持联系，别半途而废。每天至少联系一个人（不用总是找新的联系人，但可千万别总是同一个人）。你应该能够建立起良好的人际关系——如果有人喜欢你，有可能帮上你。

**乔希·施托尔贝格（Josh Stolberg）:** 《幸运查克》（*Good Luck Chuck*），《姐妹联谊会惊魂》（*Sorority Row*）和《食人鱼 3D》（*Piranha 3D*）编剧；《美国小孩》（*Kids in America*）和《受孕》（*Conception*）编剧/导演。

**如果有 10 分钟时间，你会做什么事情让某个场景变得更好？**

有时候，当我卡在一个场景时，我会备份剧本（保护已有的内容），然后做一个我有意称之为"垃圾"的副本。知道你要写的东西没什么用会让你感到一种难以置信的自由。然后，我会检查场景并删掉自己最喜欢的台词。作为编剧，我最大的问题是为了保留一两个自己喜欢的片段而对整个剧本做太大的调整（摧毁场景的余下部分）。我会放任自己用了半页纸来铺垫一句台词，只是因为我喜欢。通过删除我最爱的文字，迫使自己用完全不同的方式进入这个场景。

一旦场景运行，你就可以试着把这句台词插入其中。如果合适，那太棒了；如果不合适，那你大概就是在自欺欺人，以为自己找到了更好的讲故事方式。

**如果有 10 分钟时间，你会做什么事情让剧本变得更好？**

一旦我觉得自己的剧本足够好了，我会打开 Final Draft，开启语音朗读，让电脑大声读出我的剧本。这是一种糟糕的体验。想象一下最烂的演员说出你的对白。但这不只是一个喘口气的好时机，还至少会激励你继续工作（因为电影厂聘请的演员不可能这么差）。

**如果有 10 分钟时间，你会为自己的事业做些什么？**

与制片人、执行制片、导演（没错，你认识的任何一个可以帮上忙的人）会面或打电话给他们后，花 10 分钟时间写份会面或通话记录。以他们的名字命名文件，写下谈话中你所有记得的他们的个人信息，还有之后有可能帮到自己的所有小提示。我个人使用苹果电脑，所以我就直接在通信录里做记录。我把他们的头衔加在前面，以便他们打来电话时快速查阅。然后，我写下有助于我打下一通电话的所有信息（记住他们可能加入的不同公司，也许是十年后）。他们是体育迷吗？他们喜欢哪个队？他们是否提到自己最喜欢的电影（三年后，我可能会"奇迹般地"说这是我最喜欢的电影）？丈夫、妻子和孩子的名字？生日？如果你有机会结识，请描述他们。没有什么比见过五次面走进会议室却还说"很高兴见到您"更糟糕的事情了。这是非常简单、微不足道的 10 分钟工作，但说不定哪天就会带给你一份真正的工作。

**蒂法尼·策纳尔（Tiffany Zehnal）：** 薇洛尼卡的衣橱（*Veronica's Closet*）、《80 年代秀》（*That '80s show*）、《山》（*DAG*）和《家中迷》（*Lost at home*）编剧，故事片剧本 *Shotgun Wedding*（梦工厂购买）。

### 如果有 10 分钟时间，你会做什么事情让剧本变得更好？

如果一个场景对你来说显得太长了，那对其他人来说一定也太长了。而且其他人没有那么多时间，比如你的经纪人、经理、母亲或邮递员，他们都很忙。所以，将这一场景的任意部分或开头和结尾删掉一半。但这样做很难将其保存为新的"这不是一个真实场景"文件。要知道你笔下那过长的场景依然原封不动会让人抓狂，放手去删减冗长、没有必要和行不通的部分吧。最后，你会得到一些新东西。可能更好和更清晰，但一定更短。

在任何场景中找出自己最不喜欢的台词并且修改。它应该变得更好。方法之一就是花 10 分钟写 10 句新台词。这些替换台词十有八九很糟糕。羞愧，甚至让你萌生退意。但其中有一句台词会不错，比你之前的要好一点。也可能有一句非常棒，甚至是绝妙。我对此很有信心，我敢打赌。

### 如果有 10 分钟时间，你会为自己的事业做些什么？

我一直以来最喜欢的一句话是：人生最大的风险是你从来不冒险。所以，要敢于冒险！做任何事，给任何人写邮件，四处提交。人们当然会拒绝，但你需要的只是某个接受你的人。

### 如果有 10 分钟时间，你会做什么事情让人物变得更好？

问自己你的人物在剧本开端和结尾的需求分别是什么。你的答案应该是截然相反的。如果没有或者很相似，你就错失了讲述精彩故事的机会。别往下写了。重新思考人物的需求，让他们彼此直接冲突。否则你。你的读者，最重要的是你的人物都会不满意。

**布赖恩·特纳（Brian Turner）：**《圣诞宝贝》（*Santa Baby*）、《圣诞宝贝 2》（*Santa Baby 2*）和《雪球》（*Snowglobe*）与加勒特·弗劳利（Garrett Frawley）联合编剧。

### 如果有 10 分钟时间，你会做什么事情让某个场景变得更好？

将当前场景结束在被迫进一步采取行动的问题上。

鲍勃："你要做什么？"

汤姆："我要去那儿。"

删除汤姆最后一句台词，你将得到更加精彩的场景结尾。

### 如果有 10 分钟时间，你会做什么事情让某个段落变得更好？

改变地点。一对夫妇因为出轨争吵不休，那他们正在开车就不如他们在靶场、正在挖坑或是拍摄外星人入侵时精彩。好吧，很傻的例子，但你应该能明白我在说什么。

### 如果有 10 分钟时间，你会做什么事情让剧本变得更好？

增加空格。翻阅你的剧本，不用读。哪里满是文字？把这些页面标记为你需要删减动作描写的地方。文字越少，阅读越快。阅读越流畅，读者对剧本的整体印象越深刻。

### 如果有 10 分钟时间，你会为自己的事业做些什么？

搜索引擎。在如今的网络时代，联系变得异常方便。如果你在写爱情喜剧，找到你在电影院刚看的同类影片的编剧并给他们写邮件。如果对方是行业大人物，你很可能得不到回应，如果你联系的是只有两三部电影的编剧，你很可能有机会跟对方聊上几句。

别试图把剧本推给他们。请教他们如何获得创意，如何签约经纪人，以及从剧本到大银幕一路上碰到的困难。人们喜欢谈论自己，这是一个学习的好机会。

也许这会带来一些机会，也许不会。但对你建立人脉来说，没有坏处。

**马克·海姆斯（Marc Haimes）：** 梦工厂开发部前副主席，《最后的话》（*The Last Word*）和《魔弦传说》（*Kubo and The Two Strings*）编剧。

### 如果有 10 分钟时间，你会做什么事情让剧本变得更好？

阅读剧本。大声朗读。问自己："场景的节奏、你来我去的对白、镜头间的运动可行吗？"如果不可行，我会让自己的潜意识工作起来。我会写下任何"问题"。我会说"更好的开关（button）是什么？"或者"更引人注意的开场影像是什么？"。我会在睡觉前看一遍自己的笔记。然后我会忘掉它们，并将一切交给梦境。第二天醒来，我回头再看前一天的问题，通常就会意识到答案。

### 如果有 10 分钟时间，你会为自己的事业做些什么？

看报纸。读好书。与聪明人为伍。参与到让自己持续充实和保持积极的学习或讨论中。

### 还有一件事情……

如果一个场景需要很长时间去"撬开"，我发现这往往是因为这个段落本身有更大的概念错误。对我来说，这往往是跑上一长段的好时机。

### 我应该把这件事情做得更好……

记下容易查阅的清单：有趣的职业、人物癖好、高效时刻及任何事情。当你醒着，你觉得自己永远不会忘记。好记性不如烂笔头。我真的应该保留更多的清单。

**比尔·伯奇（Bill Birch）:**《雷霆沙赞！》（*Shazam!*）编剧，华纳兄弟。

**如果有 10 分钟时间，你会做什么事情让场景变得更好？**

有时候，当我还在写第一稿时，我会跳到自己还没有想清楚的场景。我要做的事情是写出方向：“这个场景的目的是什么？”然后花 10 分钟试着去回答这个问题。这可能看起来像下面这样。

这个场景的目的是什么？

——交代鲍勃的酒吧以及他是老板。

——交代酒吧即将被银行收回的信息。

——介绍卡罗尔。

——让观众了解到卡罗尔很有钱。

这样，我就有了写作的路线图，我也向自己证明了这个场景的存在意义。如果你能想到的唯一答案是“它推动人物发展”，那么你很有可能在之后删掉这个场景。重要的是记住所有场景都必须推动剧情和人物发展。

**卡利托·罗德里格斯（Carlito Rodriguez）：**《守望尘世》（*The Leftovers*）和《嘻哈帝国》（*Empire*）编剧。

**如果有 10 分钟时间，你会做什么事情让场景变得更好？**

找到有可能提升人物之间的张力、冲突或成功/失败感的任何方法。

**如果有 10 分钟时间，你会做什么事情让剧本变得更好？**

针对开始的场景/段落与剧本结尾进行比较，以确保达成我自己（寄希望也是读者/观众）设定的故事目标。

**如果有 10 分钟时间，你会为自己的事业做些什么？**

在正确的时间向正确的人做格式正确的提案。

**西格纳·奥林尼克（Signe Olynyk）：**全美提案大会（The Great Amercan Pitch Fest）主席，《低于零度》（*Below Zero*）编剧/制片人。

**如果有 10 分钟时间，你会做什么事情让剧本变得更好？**

我会反转人物的性别。

我会问我的关于“谁、什么、为什么、时间、地点和如何”的选择是否为整个故事的最佳答案。（例如，“这个场景发生在什么地方？”——我选择的地点是不是最佳的？在特定地点发生的这一场景有没有加强冲突或有助于塑造人物？）

我会确定所有场景中每一个人物的目的。

我会给所有场景中的每一个人物一个实现或没有实现的反向“小目标”。探查两者的结果，以确保你的方案是最佳的。

我会假设他们不能说话，看看他们在这种情况下交流还需要些什么。

我会假设主人公有一个没被揭露的秘密，看看这如何改变他们的行动、对白等等。

我会确保主人公陷入一个真正的险境，看看他们如何逃脱。

我会查看铺陈，看看是否可以删除或让任何事实的"讲述"更加有趣。

### 如果有 10 分钟时间，你会为自己的事业做些什么？

每日咨询三个人。

向自己联系过的三个人通告更新（坚持给他们简短的相关的新内容）。

观看未曾看过的电影的预告片并且研究影片涉及的电影人。

向不同的新人（例如，不是行业人士，直到提案完善）口头练习自己的剧本提案。

选择一个我想更好地了解的"今日人物"（演员、编剧、制片人、导演和电影厂主管等等），并且搜集有关他们的信息，阅读文章、博客，等等。

收听诸如 On the Page® 等播客。在做其他事情（比如做晚饭、洗碗和健身时），坚持收听。

通过电子邮件向自己想认识的德高望重者或赏识者写封简短而真诚的"粉丝"信。别索求任何东西！如果他们回复的话，努力建立联系。

使用社交网络资源接触你想认识的人。

参加电影节、放映和会议并且认识与会者。了解他们，他们是"明日之星"，在你需要他们之前与其建立联系总是更好的选择。

找到你想要合作的人并联络他们。看看他们是否考虑与你联合创作，或者是指导你。你不问永远不知道答案。

### 至于剧本销售，我会：

看看我是否可以在某种程度上增加剧本的吸引力，寄希望提升或改善整个故事。

尝试写出一个独立的低成本版本，同时也改一版投资额更高的电影厂版本。

**安迪·雷默（Andy Raymer）**：Kennedy/Marshall 制片厂主管，迪士尼公司编剧，改编威廉·斯泰格（William Steig）的《扎巴嘉巴丛林》（*The Zabajaba Jungle*）。

### 如果有 10 分钟时间，你会做什么事情让场景变得更好？

反转场景——以最后一句台词替换第一句。看看是否就人物或他们的目的打开新角度。

### 如果有 10 分钟时间，你会做什么事情让段落变得更好？

写到便签卡上。看看哪些场景是真的不可或缺，然后删减或整合余下场景。

### 如果有 10 分钟时间，你会做什么事情让剧本变得更好？

头脑风暴更好的片名。你会惊讶于片名的重要性，尤其是喜剧。

**如果有 10 分钟时间，你会为自己的事业做些什么？**

利用时间机器，重修大学并成为一名医生。做个白日梦！拿起电话，打给让我钦佩的某人，约他一起吃午饭。

**马特·哈里斯（Matt Harris）:**《八哥》（*The Starling*）编剧，剧本被 Palm Star Entertainment 购买，2020 年尼克尔（Nicholl）创投。

**如果有 10 分钟时间，你会做什么事情让场景变得更好？**

我会问自己在这个场景中"他想要什么"，然后确保自己将其讲清楚。另外，我会看看有没有更好的方法来结束场景（例如，缩短结尾或找到某个我曾忽略的独特地方，然后切出）。

**如果有 10 分钟时间，你会做什么事情让段落变得更好？**

我会查看段落的动作、对白、设定，认真想想这是否是我们之前看过的东西。如果是，我会自问怎么样能做得不一样，以及当场头脑风暴出十个想法（没有想法可是个坏想法），看看有没有更好的事情出现。

**如果有 10 分钟时间，你会做什么事情让剧本变得更好？**

如果只有 10 分钟，我会把这些时间花在剧本的第 1 页，确保一开始就吸引住读者……这意味着最好别是满满当当的文字。

**如果有 10 分钟时间，你会为自己的事业做些什么？**

把这 10 分钟花在剧本写作上，无论是一个大纲，手头正在写的剧本的几句对白，还是检查之前写的东西。10 分钟可以完成很多事情。

**如果你还有什么想补充，尽管说。**

我最喜欢 10 分钟原则的点是：除了屏住呼吸或站在火里，你可以做任何事情。这是一个没有痛点的时长。所以，给自己 10 分钟时间自由创作，把自己内心的编辑撇在一边。总有一次，你会发现自己原计划需要一小时完成的工作 10 分钟就完成了。这会极大地提升你的自信，最终帮助你成功。

**戴维·赖特（David Wright）:**《马尔科姆的一家》（*Malcolm in the Middle*）和《恶搞之家》（*Family Guy*）编剧。

**如果有 10 分钟时间，你会做什么事情让场景变得更好？**

也许你可以增加一个视觉手段来提升场景的张力。例如，在阿尔弗雷德·希区柯克的《美人计》（*Notorious*）中，加里·格兰特和英格丽·褒曼担心克劳德·雷恩斯发现酒窖的钥匙在派对上丢了。加里和英格丽紧张地看着酒保迅速减少供应。酒瓶的镜头作为视觉的"倒计时"，这远比人物不断查看他们的手表更有意思。此外，无论在你的场景中最重要的是什么，让它风声鹤唳……换句话说，在此结束场景。别将其拽出场景意图。如果你是在写喜剧，请以最搞笑的笑话结束当前场景。

### 如果有 10 分钟时间，你会做什么事情让段落变得更好？

那么确保这个段落从始至终充满张力/戏剧动作。想寻求灵感，看看一下《毕业生》（*The Graduate*）。本杰明从伯克利一路飙车到洛杉矶，再回到伯克利，接着又到圣塔芭芭拉去阻止伊莱恩结婚。一路上遇到很多障碍：罗宾逊、兄弟会的人，寻找教堂的地址，半路没油了，等等。这是电影史上最为精彩的段落之一。

### 如果有 10 分钟时间，你会做什么事情让剧本变得更好？

精炼。阅读前十页并且瘦身。如果你的场景描写太长，那么你最好是在写小说。此外，尝试在第一页的结尾写一些很酷/有趣/搞笑的事情。也许这是一个铺陈（Explosion），或是有人被杀，或者只是一个滑稽的玩笑，写契合你的故事和类型的任何东西，让它在最后一页的结尾亮相。

### 如果有 10 分钟时间，你会为自己的事业做些什么？

密切关注行业风向总是好的，如果不跟风，那就保持不一样。找来《综艺》和《好莱坞报道》看看电影市场在交易和正在制作什么类型的剧本。此外，花上 10 分钟阅读编剧类杂志和图书来提升你的技艺以及保持写作的动力和幸福度。花上 10 分钟搜寻有可能加入的编剧团队。或给朋友写封邮件，告诉他你正在写剧本，这样一来，你就得硬着头皮完成它。比没有完成剧本更糟糕的事情是知道其他人也知道你没有写出剧本。

**艾伦·桑德勒（Ellen Sandler）:**《人人都爱雷蒙德》联合制片人,《电视编剧手册》（Bantam/Dell 出版）作者。

### 如果有 10 分钟时间，你会做什么事情让剧本变得更好？

窍门 1：有一个提升剧本的小技巧：检查你的剧本（时间允许的话检查尽可能多的页数）并在情节和描写中删除以"ly"结尾的所有单词。诸如突然地（suddenly）、立刻（immediately）和爽快地（crisply）这些单词。比如说，"他立刻注意到保险杠上的凹痕"改成"他注意到保险杠上的凹痕。"删除"立刻"，这样句子的意思会更加清楚、明显。

或者，你可以稍作调整，而不是删除。比如说，如果你写的是"保罗坐在他装修豪华的办公室"。删除"装修"，你得到的是"保罗坐在他豪华的办公室"。修改所有这类问题，你会惊讶于自己的剧本是何等流畅，读起来也更加带劲和有力。每隔 10 分钟重复一次，直到检查完整个剧本。

窍门 2：还有一个提升动作描写的简单技巧：删掉所有表示正在进行的某动作的动词。例如，将"珍妮正开始拨打（dialing）她的电话"改为"珍妮拨打（dials）她的电话"。特别简单，但对读者来说，这会让画面变得更加清晰。

当你摆脱正在进行时的格式，你还会发现句子可以改得更为具体。比如"乔治正在甲板上休息，珍妮正在调酒"变成"乔治坐在甲板的椅子上，珍妮调制着马提尼"。通篇做这样的修改，你的剧本会让人感觉到更为积极和清新。每隔 10 分钟重复一次，直到检查完整个剧本。

### 如果有 10 分钟时间，你会为自己的事业做些什么？

给你想保持联络的人写封电子邮件。三言两语足以保持彼此的联系。比如说："你好莫妮卡，我终于看了我们之前聊过的史蒂夫·马丁（Steve Martin）的老电影。特别喜欢！谢谢你的推荐。"

在你睡觉前，写下今天让你开怀一笑的事情。这会激发你的幽默感，说不定哪一天可以在剧本中加以使用。但即使你的剧本中用不上，这也标志着你的观察力超群，也体现着你想成为编剧的初心。